新潮文庫

魔女推理

嘘つき魔女が6度死ぬ

三田誠著

新潮社版

11594

contents

序　7
第一話　檻杖くのりは魔女なのか？　13
第二話　魔女の身代わり　85
第三話　魔女の教会　151
第四話　嘘つき魔女が、6度死ぬ　237

魔女推理

嘘つき魔女が6度死ぬ

Lying Witch Murders

桜が、咲いていた。

僕らがすぐに思い浮かべる、ソメイヨシノではない。

薄靄《うすもや》の中ゆるゆると降り落ちる花びらは、もっと濃い色でいささか厚ぼったい、固まりかけた血を彷彿《ほうふつ》とさせるそれであった。

（……山桜）

古くより、多くの歌に詠《よ》まれてきた日本古来の種だ。個体変異の多い種で、色も白から薄紅までさまざまだが、とりわけこの一帯に咲く桜の色は濃い。

小高い丘のあちらこちらに、その山桜が咲いている。日当たりや交雑の偏《かたよ》りによるものか、丘に根を張った桜たちは、めいめいが厳しく睨《にら》み合っているようでもあった。薄靄の中を音もなく舞う、紅の鬼にも似ていた。

唐突に、僕は坂口安吾《さかぐちあんご》を思い出した。

（『桜の森の満開の下』、だったっけ）

山賊と鬼女の物語だ。

鈴鹿《すずか》峠に住む山賊が、他人の女房《にょうぼう》を妻とする。

しかし、あまたの殺人と放蕩《ほうとう》のあげく、山賊は桜の森の中で、この女を絞め殺してしまうのだ。山賊の腕の中で、女の死体は桜の花びらへと変わる。ばかりか、残された山賊の姿もまた、彼女を追うように消えてしまう。

「……あとに花びらと、冷めたい虚空《こくう》がはりつめているばかりでした」

記憶に残っていた最後の一文を、口にしたときだった。

とりわけ大きな、桜の樹《き》の下であった。

「遅かった、わね。拓海《たくみ》」

忘れたかった声が、僕を迎えた。

桜の下に、黒い夜が立ち上がっていた。

そんな風に錯覚するほど、艶《つや》やかで黒い髪だった。たとえ触れなくても、一目でその量感も滑り心地も思い出せる。この指に挟んだ時の、今にも消えそうな儚《はかな》い感触が蘇《よみがえ》る。

あれから何ひとつ変わっていないと、はっきり確信できた。

降りしきる紅の花びらが、彼女のセーラー服を掠《かす》めていく。ぞっとするほど白い肌が血を流しているようだ。凛《りん》とした細い眉《まゆ》に形の良い唇。つぶらな瞳《ひとみ》は微動だにせず、悲しいぐらい平凡な僕の姿を映している。

髪と同じ漆黒の色から、ほんの一滴垂らした紫色が浮かび上がったかのような、神秘的な瞳だった。

檻杖《おりづえ》くのり。

「桜になんか、変わらない、わよ」

と、こちらの心を読んだような言葉がかかった。

「さっきの、坂口安吾、でしょ」

昔からの独特な口調で、くのりは指摘する。僕のつぶやきも聞こえていたらしい。少しばかり恥ずかしくなるが、今回は気にしているほどの余裕もなかった。

久しぶりだねとか、変わらないねとか、そんな風に話しかけて普通を装う手続きすらもどかしい。

「私から、逃げるんじゃ、なかった、の？」

「諦《あきら》めた」

と、僕は答えた。

しばらく、くのりは不思議そうに黙っていた。

「私、逃がさない、わよ？」

だから、諦めたんだよ。

そうは思ったけれど、口には出さない。

くのりもそれ以上は追及せず、視線を向こう側に動かした。

何を見ているのだろう、と思う。小学生の頃から、彼女の瞳に映っているものが僕たちと違うのは分かっていた。だからこそ、クラスのほかの誰も、彼女と話そうとはしなかった。たとえばそれは、ソメイヨシノの中に、一本だけ山桜が混ざりこんだようなものだ。

彼女を嫌っているわけではなくても、その違いはあまりに明確である。学校が求めているのは大量生産《マスプロダクション》なりの穏やかさであり、原種のいっそ猛々《たけだけ》しい佇《たたず》まいは不要ということだろう。

「知りたい、ことが、あるの？」

その通り。

僕が口を開く。

物語は再開される。

桜の下、冷めたい虚空を思い描いて。

＊

——ああ、その前に。

ひとつだけ、あなたに忠告したい。

これは嘘つきの話だ。魔女が六度死ぬまでの間、彼女が出逢《であ》った嘘《うそ》を並べ立てた、ただそれだけの書き物だ。

必ず、誰かが、嘘をついている。

どうか、その愚かさに、目を曇らされぬよう――

第一話

檻杖くのりは魔女なのか？

魔女になりたい。
あなたがそう言った時、わたしは笑った。
面白い冗談だと思ったのに、あなたは唇を尖《とが》らせていた。
今になって、やっとその意味が分かる。
だって、そうだ。

——わたしも、魔女になってしまったから。

一

鼻孔をくすぐる、シャンプーとワックスの匂《にお》い。

髭剃《ひげそ》りのため、わしゃわしゃと泡立てられた石鹸《せっけん》の香り。

僕にしてみれば、うんざりするほど嗅《か》ぎ慣れたものだった。ここに、鋏《はさみ》やドライヤーの音が重なると、すぐさま逃げ出したくなってしまう。問題は、我が家から回れ右して帰る場所など存在しないということだ。

「おい、拓海《たくみ》」

入り口に立ったこちらを見もせずに、姉が声をあげた。

「どなたでしょう」

「お前だお前！　ほかにいるか！」

口調に険《けん》がまじる。それでいて、鋏に一切ブレがないあたりはさすがプロだし、髪を切られている最中の常連客も慣れたものであった。といっても、この場合は村を出る前の元常連なわけだが。

「ははは、親父《おやじ》さんと同じ剣幕だ。まさか、あの逸花《いっか》ちゃんが切ってくれるようになるとはね」

「早速来てくださって、ありがとうございます」

「薊《あざみ》さんとこが、戻ってきてくれて嬉《うれ》しいよ」

楽しげに言ってくれたおじさんが、眠そうにひとつあくびをする。そのあくびの癖をなんとなく覚えていた。

一呼吸おいて、

「いくらなんでも、資格もない学生に何度も鋏持たせちゃダメでしょ」

せめてもの抵抗を試みたが、対する姉の返答は簡潔であった。

「うるさい、客を待たせるな！　とっととエプロンつけて立て！」

「横暴姉」

罵《のの》り返してから、諦《あきら》めて僕は客の後ろに立った。

すでに、相手はほかほかとしたタオルを目の上に載せられている。顎《あご》の下に、かわいいほくろが覗《のぞ》いていた。

「聞いていた通り、僕は正式な資格とか持ってません。代わりに半額ですが、かまいませんか？」

「いいですいいです。その分で、今度の新刊買うつもりだから」

さっぱりした答えが、タオルを載せたままの少女から返ってきた。元が安いから半額といってもしれているが、文庫本一冊くらいにはなるだろうか。

ならば、と遠慮なく、霧吹きで髪を湿らせる。

癖を確認しつつ、襟足からそっと指で挟み、鋏を入れていく。

こうなってしまえば、あまり僕の意思は関係ない。両親に仕込まれた通り、シャキンシャキンと鋏が動いてしまう。もちろん美容室みたいなお洒落《しゃれ》な注文に応《こた》える領域には程遠いわけだが、幸いそんな土地柄でもなかった。

ラジオから、のんきな地方のニュースが流れ始める。

突拍子も無いパチンコ屋のＣＭや、何が面白いのかよく分からないお笑い芸人のトークに交じって、先週隣の市で起きた殺人事件の報道なんかが聞こえてくるのは、田舎にもそれなりに物騒なイベントが起こる証《あかし》だろう。もしくは田舎だからこそ、ほかに報じることがなくて、こんな出来事が浮かび上がってくるのかもしれない。

（……だから、あいつも）

いけない。

余計なことを思い出してしまった。この土地に帰ってきてしまったとはいえ、絶対に近寄るまいと決意していたのに。

考えていると、触れている少女の頭から、するりと力が逃げる。

あ、寝息まで立て始めた。

それはそれで好都合。

不満や苦情は姉に押し付ける気満々で、僕の鋏は営々と髪を切りさばいていく。

しばらくして、そっと肩を叩《たた》くと、寝ぼけ眼の少女は何度か瞬《まばた》きしてから、目の前の鏡に食い入った。

「うわー、すごい！　どうしよう！」

どうしよう、にもいろいろあるが、ぴんと跳ね上がった語尾から、とりあえず満足してもらえたらしいと判断する。

「いつものより断然いい！」

「くれぐれも、僕がやったというのは秘密に」

田舎の付き合いは濃くて狭いので、こんな秘密を律儀《りちぎ》にまともに守る人はいないのだけど、建前は大事である。むしろ中身より建前を大切にするのが、正しい人間社会というものだ。

すると、少女はその声でやっと気づいたというように、振り返った。

「あれ、薊くん？」

大きな目が、ぱちぱちと瞬きする。

あちゃあ、という声が喉元《のどもと》まで出かかったのを堪《こら》えた。

自分が人の顔をろくに覚えないのは確かだし、転校してきてたかだか三日では、クラスメイトなんてかかしぐらいにしか見えてないわけだが、これはかなりの失点だ。

そんな気持ちが、多分顔に出ていたのだろう。

「安芸《あき》よ。安芸遥香《はるか》」

と、少女は自己紹介してくれた。

ついでに、にまにまと口元が緩んでいたのは忘れがたい。

有能な猫が、獲物《えもの》を見つけたとでも言わんばかりの笑みであった。

二

「拓海くん！」

翌朝、クラスに入ると、真っ先に声をかけられた。

高校でこちらに戻ってきて、初めてのことだった。

目立ちたくなかったので、会釈《えしゃく》しただけで通り過ぎようとすると、ひょいと制服の袖《そで》を捕まえられた。

「ちょっと。無視するのはひどいんじゃない？」

「うなずいたでしょ」

「挨拶《あいさつ》はきちんとしなさいって教わらなかったの？　だったら、あたしが教えてあげるから座りなさい。でなきゃ、バイトのこと言いふらすからね？」

委員長体質……というのではなく、目は笑っている。

つまり、たしなめているのは口実で、ちょっとあたしと話をしなさいということだ。

楽しげにきらりと光った瞳《ひとみ》に、ニンマリ好奇心を含んだ、ふっくらした唇。いささか独善的ではあるが、人好きのする性質とはこういうものだろう。

「家業の手伝いはバイトじゃないだろ……」

一応、言うだけは言ってから、諦めて近くの席に座った。

「髪は、気に入ってもらえた？」

「おかげさまで！」

楽しげに、二度ほど少女は頭を振った。

かすかに内側にカールしたショートカットが、軽やかに教室の空気に躍る。

「すごいね拓海くん」

「両親が遊びで教えてくれたんだ。ちゃんと客を取ったことはそんなにないから、あんまり期待されても困る」

実際のところ、何度も切った相手は両親ともうひとりだけだ。

当時の僕は毛先をまともに揃《そろ》えることもできず、そんな髪型で客の前に立っていた両親は理容師としてどうかと思うのだけど、切り終えた直後のふたりが、鏡を見て嬉しそうに笑っていたことだけは、胸のどこかに残っている。おだてられるたびに、ついつい鋏を手に取ってしまったのは、きっとあの笑顔のせいだろう。

机に頬杖《ほおづえ》をついて、安芸が続ける。

「あたしは今年東京から久城《くじょう》市に引っ越してきたんだけど、拓海くんは元々こっちに住んでたんだって？」

「そうだよ。両親が祖父母の介護で移住してたんだ。先週戻ってきたばかり。……あ、祖父母はふたりで老人ホームに入っただけだから、どっちも元気なのでお気遣いなく。就職先の都合で親とは今はちょっと離れてるけどね」

「うわ、びっくりしたじゃん！　でも、拓海くんが周囲と話してるのあまり見ないけど、知り合い少ないの？」

「それは、イジメられてたんじゃって考えるところじゃないか？」

「んー、拓海くん、そういうタイプに見えないんだよね……」

安芸が目を細める。

どうやら勘は鋭いらしい。なおさら、よろしくない。

「じゃあ、そろそろ授業の準備するから」

立ち上がろうとしたところで、安芸が質問を追加してきた。

「そういえば、檻杖《おりづえ》さんって知ってる？」

「……ここらでは旧家だね」

しまった、と思った。

もう一手先に、立ち上がってしまうべきだった。無視して立ち去ってしまうには、微妙にタイミングが悪く、硬直してしまった僕の前で、安芸が首を傾《かし》げる。

「みんな、そのことに触れたがらないのよね。ずっと欠席してるのに」

「ふうん」

なるだけつまらなそうに、僕は話題を聞き流そうとする。

朝礼の時間が近づき、だいぶ席が埋まってきたが、クラスの一番後ろに誰も近寄らない席がある。ある意味で、主人以上の存在感を放つその空白が、ほんの少しだけ彼女らしいと思った。

そんな僕を前に、彼女の唇がこう動いた。

「久城の魔女」

僕の体内で、時間が止まった。ほんの一瞬だけ。

「……なんだそれ」

「あ、魔女ってのは現代風に言い換えただけ。このあたりだと久城の山姥《やまんば》の方が通りがいいかな」

「ヤマンバ？」

今度は、初めて聞いた化学記号みたいな発音をしてしまって、安芸はむぅ、と困りものの生徒を見る感じで唇を尖らせた。

「郷土史的なのは興味なかった？」

「まあ、あんまり詳しくはない」

これは本当だ。可能な限り、遠ざけておきたいとさえ思っている。

そんな僕に、彼女はしたり顔でこう続けたのである。

「久城の丘に老婆《ろうば》あり。骸《むくろ》を貪《むさぼ》る性《さが》にて、死人《しびと》の出るたび彷徨《さまよ》いけり……って始まるんだけどね。うん、檻杖さんは絶対魔女の方が似合うわ」

「だから何？」

「やっぱり気になる？」

「別に」

はっきりと言って、視線を切る。

今度こそ、立ち上がるタイミングだ。君と僕の人生は分かたれたとばかりに、腰を浮かせたところで、狙《ねら》いすました追撃がやってきた。

「待って。実は聞いてたんだ。君が昔、檻杖さんと仲よかったって。だから、君さえよかったら、彼女との思い出をいろいろ教えてほしいんだけど」

「…………」

なんて言えばいい？

僕とくのりの関係は、多分安芸が思っているようなものじゃない。しかし、安易に説明できるようなものでもない。それは、旅先に忘れてきた大切な玩具《おもちゃ》みたいなもので、もはや僕自身にもどうにもできないけれど、時折存在を主張してくる。

「どうして、彼女のことを知りたいの？」

「……ああ、えっと」

困ったように、彼女の視線が宙を彷徨った。

「笑わないでくれるかな？」

「それぐらいなら」

「あたし、魔女になりたいんだ」

子供の夢じみた、滑稽《こっけい》な告白。

だけど、これだけは我慢できなかった。

「……あいつと仲良くなんて、なかったよ」

断言して、苛立《いらだ》ちを炎に焼《く》べるように立ち上がったのであった。

＊

「拓海さあ、安芸遥香に惚《ほ》れられてるワケ？」

突然質問をぶつけられたのは、校庭の木陰だった。

田舎らしい優雅さに思えるかもしれないが、単純に伐採する予算がないからだ。今ぐらいの季節は過ごしやすいが、真夏の昼休みとなれば蟬《せみ》の大合唱に幾多の虫の徘徊《はいかい》があいまって、到底のんびりしていられるような環境ではなくなる。

つまり、貴重な快適さを噛《か》み締めつつ、探偵小説を読書していたわけで、無理やり中断させられた僕は、あまり機嫌の宜《よろ》しくない顔をしていたと思う。

「はあ？」

視線をあげると、機嫌の良し悪しどころか、人でも殺しそうな顔が睨《にら》んでいた。

もっとも、睨んでいるように映るのは、単に視力が悪いからだと僕は知っている。田舎には珍しい――か分からないが、髪を脱色してパーマをあてており、さらに片手でスマホを弄《いじ》りながらなので、なおさらガラが悪く映る。なお、校則で、授業時間内は通信端末を教師に預けることとなっているのだが、一応不良だけにおかまいなしである。

小学校時代からの、数少ない友人である宇治垣《うじがき》だった。

ちなみに友人といっても、何かしらつるむことはほとんどなくて、休み時間にこうして一緒にいる頻度が高い程度だ。お互い居場所がないために、はぶられ仲間っぽくなっているのだが、考えてみれば、こんな関係を友人と呼ぶのはちょっぴり失礼な気もする。

うるさい音をたてるスマホを、何度となくタップしながら、宇治垣が続ける。

「だって、しょっちゅうお前の方を見てるだろ。今日も教科書に隠れて、お前の様子をちらちらしてたぜ」

「宇治垣は、真面目《まじめ》に授業を聞いてるべきだと思う。一応落第制度あるでしょ、ここ」

「うるせえよ。お前だって、教室に残らず、わざわざ校庭の端っこまで出てきているのは、あいつと顔を合わせたくないからだろ」

まあ、仰《おっしゃ》る通りである。

幼稚と思われるかもしれないが、一番の対処法は接触を減らすことだと考えたのだ。人間、変化のない出来事にはいずれは興味を失うものだ。

それに、今回の場合、そもそも宇治垣の質問が間違えていた。

「残念ながら、あいつの狙いは僕じゃないんでね」

「おやま――って、あ！」

アプリのゲームを遊びながら、宇治垣が何度か瞬きした。

どうもリズムゲーか何かで失敗したらしい。片手間でやるからだ馬鹿《ばか》。

あーあ、とふてくされて、しばらく金髪を掻《か》きむしっていたが、やがてこんなことを尋ねてきた。

「艦杖とは会ったのか」

「会わないよ」

即答した僕に、宇治垣が三白眼をさらに細めた。

「こっちに戻ってくる前も、どうせ友達とかいなかったんだろ。拓海、だいたいの相手に愛想悪いしよ」

お前が言うなと思うが、これまた正解。付き合いが長いだけはある。

中学では、強引に加入させられた附属図書館のサークルで、オススメの本を交換する程度の付き合いはあったがそれだけだ。それだって棚に入りきらなくなった本を手っ取り早く処分したかったのがメインで、やりとりしていた相手の顔もまともに覚えてない。

都会のいいところで、そんな希薄な人間関係でも、やってこれた。この土地に帰ってくることがなければ、一生望み通りに埋没していられただろうに。

「なあ、拓海」

顎をしゃくって、彼は少しだけ静かな声音で尋ねた。

「艦杖に、会いたくならねえのか？」

返事はせず、僕は小説を閉じた。

空が高い。

かすかに、吹奏楽部が練習中の『アルヴァマー序曲』が聞こえる。頬に柔らかく触れる風も、優しく甘い白丁花《はくちょうげ》の香りもただ煩《わずら》わしい。

なんで、誰も彼も同じようなことを訊《き》くのだろうと、僕は考えていた。

三

その日は、起きたときから嫌な予感があった。

カンニング未遂をやらかしたとかで、こっぴどくとっちめられた宇治垣を眺めた後、僕は休み時間ごとに校舎のあちこちを徘徊して、ため息をつく羽目になった。

とどめは、昼休みだ。

憂鬱《ゆううつ》な気分で食堂に移動したとき、見知った少女が手を振っていたのである。

「拓海くん、お隣どーぞ」

と、はっきり名指しまでしやがった。

逃げるのは簡単だが、こうもあけすけな呼びかけを無視しては悪目立ちしてしまう。

それはそれで避けたかったので、僕はため息を噛み殺しながら、仕方ないからだぞという雰囲気を可能な限り醸《かも》し出しつつ、目の前に座った。

「もしかして、まだあいつの話を訊くのを諦めてない？」

「うん」

あっさりと認めて、少女がうなずいた。

こういう態度に対して、どんな風に返せばいいか分からない。コミュニケーション強者の人生は、僕にとって未知の世界だ。

良い匂いを漂わせた、この食堂一番の名物カレーライスに頬をほころばせながら、少女はなんとも幸せそうな顔で、感想を口にする。

「ここの食堂のカレーって、下手なレストランより美味《おい》しくない？」

「もともと、そこのおばさんが洋食店を開いてたんだよ。引退して、学校の食堂で働くようになったんだけど、看板メニューだったカレーだけは自分のところのレシピを持ってきたんだってさ」

「へえー」

うなずきつつ、いかにも辛そうにふうふうと息をしながら、水を飲み込む。

「それで、君も選んだわけ？」

「そうだよ」

こちらもカレーなのだった。

なるべく同席の時間を減らそうと、たっぷり頬張ったところで、

「はい、どうぞ」

と、テーブルの近くに置いていた薬味から、粉チーズを差し出してきた。

おばさんのこだわりだけあって、食堂の薬味は定番のらっきょうに福神漬、オリーブやミョウガにピクルス、変わったところでは青じそ大根やパイナップルのみじん切りまで豊富に取り揃えられているのだが、粉チーズはこちらの好みドンピシャである。

目端が利《き》く、というべきか。

僕なんか、家族の好みですら怪しいのに。

思わぬところで攻められて、うむむと心中唸《うな》りをあげたところに、安芸はもう一撃切り込んできた。

「で、もうひとつ」

「む」

もう一度、唸りをあげた。

彼女が持ち上げた手に、僕の見知った銀色の道具が輝いていたからである。

「それ――！」

思わず声を上げてしまってから、周囲を見回す。

一瞬こちらを見やった相手はいたが、すぐ興味を失ったらしい。少しだけ呼吸を深くして、これ以上視線を集めぬように、ゆっくり語りかける。

「なんで、安芸が」

「やっぱり、拓海くんのだよね？」

安芸がテーブルの手前に置いたのは、髪切り用の鋏だった。

「どうして安芸が持ってたのって、訊いたんだけど」

「理由は三つかな」

と言って、少女はもう一度スプーンを握り直す。

「推理1。今日、朝礼前から暗い顔してたでしょ？　学校が始まってからなら、いくつもパターンはあるけど、始まる前だと家のことでしょう。だったら、お姉さん絡《がら》みのトラブルかなとも思ったんだけど」

合間にぱくんとカレーライスを頬張り、忙しく水も飲みながら、安芸が続ける。

「でも、前の散髪のときのやりとりからすると、お姉さんは理不尽だけど本人なりの筋は通ってる。拓海くんの顔色も責任を感じている風ではあったし、お姉さん絡みよりは拓海くん本人のやらかしが濃厚そう」

「人の顔色でいろいろ読みすぎじゃないか」

「自分が人の機嫌を読めないからって、他人の能力まで過小評価するのはいただけないかなー。こういう社交能力あればこそ、人類社会が発展したんだよ？」

実際、それはその通りである。

人間は群れで能力を発揮する生物なのだから、僕のような社交能力欠如者は、身の置き場のないはぐれ者だ。しかし、人類が過剰に発展したからこそ、かえって身の置き場ができたという矛盾。

徒然《つれづれ》と思いを馳《は》せていると、安芸が指を持ち上げる。

「推理2。だったら、拓海くんが学校で何かをなくした……というのは、いかにもありそうな線でしょ。もちろん、ただ機嫌が悪かったとかもありえるけど、そういうのは拓海くんは引きずらないタイプよね。自分に責任がなければ、あっさり開き直る感じ」

「……本当に、よく、人のことを見てるね」

「えぇー、君のことだからだよ？」

悪戯《いたずら》っぽい彼女の言葉に、いちいち反応する気力もなかった。

これは本格的に相性が悪い。僕が鋏《チョキ》なら、彼女が石《グー》だ。切り込んでくるのは、一方的に彼女の側なのに。

「最後に、推理3。今朝、宇治垣くんがカンニングの罰だってとっちめられてたでしょ。具体的には五分刈りにされて、クラスみんなで盛り上がってたよね」

「……？」

まさか。

「テストの答案を職員室からかっぱらって暗記しようだとか、宇治垣くんちょっと大胆すぎ。で、発見した宇治垣くんを先生が教室までしょっぴいたところで、ちょうど教室にあなたの鋏があったから使ったみたいなのよね。前時代的だけど、生徒への罰として髪を切るのは、この学校だとままあるんでしょ。だから、先生もてっきり教師のものを誰かが拾って机に置いていた……としか思わなかった」

立て板に水を流すように喋《しゃべ》る彼女を、僕は茫然《ぼうぜん》と見上げてしまった。

「つまり、拓海くんが浮かない顔だったのは鋏をなくしてしまったから。この食堂に来たのは、朝から鋏を探していて、お弁当をつくる時間がなかったから。拓海くんのお弁当、いつも自作だよね」

「……よく見てるな」

かろうじて、それだけを返す。普段は姉の昼食分とまとめて、弁当をつくっているのである。おそらく今日の姉は、昨夜の残り物をぶち込んだ炒飯《チャーハン》でも食べているだろう。

「後は言うまでもないけど、ここまで推理したあたしは職員室に行って、鋏を発見したわけ。鋏を机の上に置いてた先生に、この鋏は拓海くんのだと思いますよ、あたしが返しておきますって話して回収。最後に拓海くんがいるだろう食堂にやってきたの。どう、簡単でしょ？」

「名探偵か何かか、君は」

「んふふ、どうかなー？　拓海くんってば、この鋏、必要かなー？」

持ち上げた鋏を揺らしつつ、少女の髪も楽しげに左右に揺れる。ハミング交じりなあたり、得意げなのを隠すそぶりさえない。さぞかし人生が楽しくてたまらないだろう。

「……必要です」

ため息とともに、僕は神妙な面持ちで鋏を受け取る。

借りができてしまった。

ああ、仕方ない。一応社会で生きている以上、ギブアンドテイクには忠実でなければ。学校なんて何年も固定化される極小の社会なんだから、仁義に欠ければあっという間に村八分になりかねない。

受け取ってから、なるべく平静な口調で訊いた。

「どうして、あいつのことが気になるの？」

以前と同じ話題で、同じように少し間があった。

カレーの辛味が利いちゃいましたとでもいうみたいに、きゅっと瞼《まぶた》を閉じてから、

「……あたし、魔女になりたい、って言ったよね」

と、小声で言った。

いかにも妄想か、夢見がちな子供時代を抜け出せない胡乱《うろん》な発言だが、僕にとってはそれだけで済まない単語であった。

「もともとね、そうなりたがっていたのは、あたしの親友だったんだ」

と、少女が続けた。

「魔女のこととかオカルトのこととか、すごく詳しかった子。あたしはそういうのほとんど分からなかったけれど、毎日楽しそうに話してくれた。ただ相槌《あいづち》を打って、あれこれ喋ってくれる彼女を見るだけでも、あたしは嬉しかった」

　そんな関係もあるだろう。

　相手のころころ変わる表情を見ているだけで、あるいはその隣にひっそりと座っているだけで、十分に報われる。とてもシンプルで、穏やかな構図。

「その親友が、どうしたの」

「中学を卒業する前に、死んだんだ」

　一瞬、僕の呼吸が止まった。

「事故よ」

　と、彼女の声がテーブルに落ちた。

　わいわいがやがやと、都会に比べれば少ないなりに喧騒《けんそう》を増してきた食堂で、彼女の周囲だけが凍りついているように思えた。

「あたしね、ちょうど彼女と喧嘩《けんか》してたんだ。つまらないことで。だから、彼女が轢《ひ》かれたって聞いたとき、仲直りのための手紙を持ったままだった」

　乾いた声が、僕に届く。

「でもね、こっちに来たとき思い出した。彼女が教えてくれた、久城の魔女が死を食べるんだって話。今もその末裔《まつえい》である檻杖の家はあって、人の死を喰らっているって。死を食べた魔女は、そのときのことを教えてくれるって」

多分、それは都市伝説みたいなものだろう。

ある種のマニアたちの間で、長く囁《ささや》かれ続け、変質し続ける物語。くのりの場合実体があるのだから、安芸の親友がたまたまそうした情報を耳にしてもおかしくあるまい。現代のネット社会なら、なおさらだ。

「それで、何度か家に行ってみたんだけど……あれだけ大きいと、屋敷っていう方がいいのかな。ずーっと門が閉まってて、なんだか近寄ることもできないの」

ああ、それはそうだろう。

丘の上のくのりの屋敷は、ほとんど牢獄《ろうごく》のようなものだ。他人を寄せ付けないという意味で、あれほど徹底した場所を、僕は知らない。過去の僕だって、足を踏み入れたことは三度しかなかった。

「くのりに、君の親友の死を食べてほしいってこと？　あいつはイタコじゃないよ」

「下の名前で呼ぶような仲だったんだ？」

尻尾《しっぽ》を出したな、とばかりに安芸の目が煌《きら》めく。

まったくもってその通りなので、僕は歯噛みする代わりに別の行為を選んだ。

「お化け工場」

「え？」

ああもう、仕方ない。ここまで踏み込んでしまったからには、もう一歩進めてしまった方が、いっそきっぱりと手切れできるだろう。鋏の借りがある以上、そちらを清算しなければ、安芸との縁も切り難い。

「悪いけど、君をくのりに会わせることはできない。僕もこちらに戻ってから、彼女にはずっと会ってないからね。――だけど、君が最初に言ってたのは、あいつとの思い出を話してほしいってことだったろ。昔あいつと行ったお化け工場が村外れにあるんだ。週末で良ければ、一緒に行ってもいい」

「やった！」

ぱちんと指を鳴らした安芸の笑顔は、やはり僕には眩《まぶ》しすぎた。

視線を切って、僕はいろんな考えを噛み砕くように、やけになってカレーライスを頬張り続けた。

四

その廃墟《はいきょ》は、分岐した川の上流沿いに建てられていた。

コンクリ打ちっぱなしの、寒々としたつくりである。老朽化もさることながら、もともとのコンクリが粗悪な材質だったらしく、軽くつついただけで崩壊しそうなぐらいに、あちこち大小の罅《ひび》が入っている。

壁の周囲を這《は》い回っている金属製のパイプも非常階段も、いたるところ錆《さび》だらけだ。とりわけ、後者は僕ぐらいの体重でも耐えきれずに、突然砕けてしまいそうなので、なるべく避けていくようにする。

「お化け工場って、ぴったりな名前」

呆《あき》れたような安芸の声に、僕もうなずかざるを得なかった。

お化けが出てきそうな工場というよりも、この場所自体がすでに死んでいて、工場のお化けのごとく映るからだ。

外が日暮れていて、とりわけ大きな罅から射《さ》した光が紅に染まっていることも、そんな印象を強調していた。……だったら、お化けになった工場を歩く僕たちは、一体どんな存在なんだろう？

「昔は、薬品工場だったそうだよ」

と、ポケットの懐中電灯を確かめてから、先を行く僕は答える。

かすかに異臭が残っている気もするが、それが現実のことなのか、単なる思い込みなのかも、僕には判然としなかった。

この工場が建てられた当時はずいぶん規制もゆるくて、現代では違反している薬物なんかもいろいろ垂れ流されていたらしい。郷土史には興味ないと言った僕だが、公害問題として授業で扱われていたので、さすがにその概要ぐらいは覚えてしまっている。

　後年になって、国内の住民運動に押される形でこの工場も役目を終え、本来ならきっちり解体されるはずだったそうだ。しかし、その後始末も田舎ゆえにゆるく、結果として、この廃墟となって残されてしまっているわけだ。

　壁にしみついた、蝶《ちょう》や雲――はたまたヒトガタにも見える染《し》みは、そうした薬品によるものだろう。

　砂利が入り放題の床を踏みながら、また安芸が口を開いた。

「ここで、檻杖さんと何があったの？　事件でもあった？」

「ああ、事件だったとも」

　と、僕は答える。

　きっと、うんざりした顔をしていただろう。

「ここでは、ヤクザが死体を処理してたんだ」

　一瞬、背後を歩く安芸の足音がリズムを乱した。

「なにしろ、こんな田舎で忘れられた工場でしょう。死体を薬品で溶かしたりするには絶好の場所だったらしくてね。ただ、彼らにも僕らにも不運だったことに、くのりがたまたまその死を嗅ぎつけちゃった。後は、証拠を見つけたあとに警察沙汰《ざた》だよ」

その際にくのりの父が介入したり、ヤクザのカチコミとくのりの護衛とで衝突があったりと、てんやわんやだったのだが、このあたりは話と直接関係ないので割愛する。転がっているドラム缶のどれで、実際に人間が溶かされていたかは、もはや僕にも分からない。

　すると、小さくこんな呟《つぶや》きがこぼれたのだ。

「……やっぱり本物だったんだ。久城の魔女」

「君が信じるなら、ね」

「でも、拓海くんは信じてるんでしょ」

　にっこりと、安芸が切り返す。

　言葉に詰まってしまった僕に、安芸が言った。

「ねえ、拓海くん。超能力って本当にあると思う？」

　僕は、ただまじまじと彼女を見つめた。

　数秒間をおいてから、馬鹿馬鹿しさと「君の言うことは真面目に聞いてるよ」という態度との間でバランスを取りつつ、顎をしゃくって続きを促す。

「久城の魔女は、そういう存在として捉《とら》えられていたみたいなの」

　と、安芸は口にした。

　形のいい唇の下に、曲げた指をあてて、少し考えてから言葉を続ける。

「今の、拓海くんの話に似てるかな。久城の土地は、かの魔女のお告げを本当に頼りにしていた名残があるんだって。田舎だと、大事なことの前に、神社にお伺いを立てたりするのはよくあることなんだけど」

それは、なんとなく分かる。

苦しい時の神頼みというが、つまりは昔から日本のあちこちで同様のことを行なっていたのだろう。努力や積み重ねでは届かぬ何かを前にしたとき、人はそうした超常現象を頼りたがる。

「つまり、久城の魔女は超能力者だって言いたいのかな？」

「うん」

訊き返した僕の口調は、ずいぶんふざけた感じだったと思うのだけど、安芸はまっすぐにうなずいた。

「受け売りだけど、共感能力者《エンパス》っていうのが近いと思ってる」

「共感能力者《エンパス》？」

「んーとね」

視線を少し天井へと傾けて、彼女は言葉を続ける。

「これも前に聞いた話だけど、昔、国の施設とかが真面目にやってる超能力の実験があったそうなの。ＥＳＰカードっていうやつ。カードの裏面に特別なシンボルが描かれていて、それを当てられるかどうかで、被験者の透視能力を測定する実験」

「ははあ」

だいぶ、話がきな臭い方向になってきた。

もっとも、非日常のオカルトにかぶれるのも、学生らしいと言えなくはない。昔出会った学者からも、共感体質《エンパシー》なんて似たような話を聞かされたことがあった。

適当に相槌を打っていると、彼女はこう続けた。

「この実験では、ほかと隔絶した結果を残す被験者がいたそうなの」

「つまり、超能力者がいたってこと？」

「ちょっと難しいところかな。超能力者をどう定義するかによるかも」

定義、ときた。

汚れた黒板に蚯蚓《みみず》みたいな公式と数字を這わせる老数学教師の顔を思い出しつつ、それでも一応話を続けるために、ぼんやりした質問を投げてみる。

「どういうこと？」

「確かに、すごい成績を出す特別な被験者はいた。でも、それは条件付きの話。カードの答えを知っている職員が近くにいなければ、正答率は単なるランダムと変わらなかったって」

「ええっと……それってイカサマってこと？」

「というより、研究者たちが想像していた能力とは違っていたのね」

人差し指を立てて、安芸が言う。

「彼らは、見たこともないカードを透視する能力なんて持っていなかった。代わりに、言葉にされない情報を察知する能力があった。カードの答えを知っている人のちょっとした視線の揺らぎ、口調の違い、表情筋だけじゃなくて全身の筋肉の緊張やゆるみから、カードがなんなのかを無意識に推測することができたわけ」

（……なるほど）

と、僕は納得する。

この場合、被験者側も無意識というのが肝なのだろう。カードの中身は分かっても、分かる理由は把握していない。だから、立ち会った職員から読み取っているという事実にも気づかなかったわけだ。

「ドラマでも、生活感がない部屋とかいうよね。これって、何か決定的な証拠があるからじゃなくて、埃《ほこり》のたまり方とかコーヒーカップの位置だとかで、なんとなく感じるものでしょう？　つまり、共感能力者《エンパス》ってこういう感覚の延長上」

「…………」

僕は答えない。

そういう共感能力なんて、誰でもある程度持っているものだろう。

そして、この「程度の範囲」は個人や相性によって、きっと大きく変化する。目の前で大怪《おおけ》我《が》を負った人間を見ても眉《まゆ》ひとつ動かさぬ者もいれば、電話越しに紙で指を切った際の苦鳴だけで、耐えられなくなる者もいるだろう。

世の中にいる、人の嘘《うそ》を見抜くのにやたら長《た》けた人間や、巧妙な心理誘導で他人を操るような専門家は、こういう能力を応用しているのかもしれない。

「だったら、同じ能力の延長線上には、久城の魔女みたいな、死者の声を聞くようなものもあるんじゃないかなって。部屋に生活感が残るなら、死体の現場にも似たものがこびりついたっておかしくないでしょ」

「こじつけが過ぎるし、無駄に想像力を働かせすぎだと思う」

「ははは、やっぱりそうかな。そうかも」

ムキになるでもなく、安芸はさっぱりした感じで笑った。

対する僕は反論こそ述べたものの、妙な居心地の悪さも覚えていた。

(……死者の声)

かつてのくのりは、幽霊を見たとは言わなかった。小学生の頃に見たきりだが、彼女は死を喰らうために独特な行為を介していた。

「どうしたの?」

「ちょうど、そのへんだったと思うよ。壁際《かべぎわ》の、染みが濃いあたり」

もともとは薬品のタンクか何かが置いてあったのだろうか、それとも後から我が物顔で使いだしたヤクザたちによるものか、コンクリ打ちっぱなしの壁にも地面にもとりわけ濃い染みが刻まれている。

「くのりは、そこを舌で舐《な》め取った」

「……そう」

一瞬目を丸くしてから、安芸がうなずく。

「薬品が残っていたら、大変だったわね」

「実際、死にかけたんだよ」

一瞬、目を離したくのりがべろりとやって、すぐに蒼白《そうはく》な顔で腹部を押さえて倒れたことを、今でもはっきりと覚えている。ただ、今思えば、薬品の作用で倒れたのなら、その程度ではすまなかったかもしれない。

「結局、そのときのくのりの証言から、ヤクザの隠れ家も明るみに出て、一網打尽で逮捕されたんだってさ。僕が知っているのは伝聞の結果だけ」

何をできたわけでもない。

僕はただ立ち会っただけなのだから。

だけど、興味深げに染みのあたりを覗き込みながら、安芸が言う。

「拓海くんは、審神者《さにわ》なんだね」

「ん？」

「巫女《みこ》に降りた神様が、どこの由来のどういう神様か、確認する人のこと。多くはトランス状態で神様の言葉を吐き出す巫女は、自分が何を言ったかも覚えてないから、審神者が覚えたり書き留めたりするようになってるんだよ」

なるほど、そういう意味だと、確かに自分の立場だ。

「なんでも、そんな風に理屈をつける気かい」

「だって、理屈があるものだったら、真似《まね》ができるかもしれないでしょ。少なくとも、明里《あかり》はそんな風に思ってた」

「君の親友の名前？」

「うん」

小さく、安芸がうなずく。

「学校でも言ったけど、魔女になりたがってたのは、死んだ親友の力。だから、今話したような理屈をしょっちゅう繰り返してた」

かつては窓だった穴隙《けつげき》を、少女が見やった。

夕焼けの光の中で、僕の切ったショートカットが揺れている。指で挟んだ髪の滑らかさが、まだこの手に残っていた。そうして背中を向けられていると、うつらうつらと彼女が微睡《まどろ》んでいたあの時間が蘇《よみがえ》るようだった。

「明里が考えていたことを、想像していたことを、あたしは確かめたかった。はは、今更だよね。無意味で馬鹿だよね。そんなの生きてる間にやるべきだって」

「そうは、思わないよ」

安芸が、振り返った。

そんな風に僕が否定するとは思ってもなかったのか、もともと大きい目がなおさらに見開かれていた。

ああ、やっと、少しだけ鬱憤が晴れた気がする。

「やるべき時、やれるべき時に正しいことがやれたら、そりゃあ一番だろうさ。でも誰だって何もかもそうはいかないだろ。取りこぼすのなんか当たり前で、失敗なんか日常で、だから本当に後悔してることを少しでも薄められるなら、どんなことだってするとも。馬鹿馬鹿しくても間違っていても、そんなことかまわないだろ」

自然と、唇が言葉を紡《つむ》いでいた。

僕らしくもない感傷的な内容に気恥ずかしくなってしまったが、それでもここまで話してしまったのだから、少しだけ視線を逸《そら》して、最後まで言い切る。

「だから、お前がやってることは無意味なんかじゃないだろ」

「…………」

しばらく、安芸は黙ったままだった。

　やはり、突然スタイルと違ったことをしても、上滑りするだけらしい。饒舌《じょうぜつ》な彼女を黙らせてしまうのは、よほど自分の台詞《せりふ》が的外れだったに違いない。

　ただ夕焼けのせいで、少女の顔は耳まで真っ赤に染まっていた。

　深呼吸をしてから、彼女は人差し指を立てた。

「拓海くん、ひとつ反則」

「なんだよ、それ」

「反則は反則だってば」

　どこか怒ったように唇を尖らせて、少女はこんな風に付け加えた。

「それに、全部嘘かもよ？」

「え」

「あたしが、拓海くんを気に入っていただけかも。あちこち連れ回して、見つめていたかっただけとか」

　くすくすと小声で笑いだすまで、冗談だと分からなかった。

　抗議の意図を視線に込めて、ほんの少しだけ強く、彼女の名を舌に乗せる。

「安芸」

「ごめんなさい。ちょっと仕返ししたくなっちゃって」

　両手を合わせて、彼女は片目をつむった。

それから、もう少しの間、僕たちは廃工場をうろついた。

結論から言えば、何も起きなかった。過去に事件があろうが、くのりが死を喰らおうが、それはもう通り過ぎたこと。僕の話すこともあっさり尽きて、後半はふたりとも無言のまま、お化け工場をぐるりと一周したきりだった。

「ありがとう」

どこかすっきりした感じで、安芸は言った。

「あたしは、もう少しこの工場を見ていようと思う」

「そっか」

まあ、危険なこともないだろう。

この工場を使っていたヤクザたちが戻ることもあるまいし、さすがに危険な薬品などは以前の事件から警察が回収していることだろう。

「暗くなるし、これだけ貸しておくよ」

と、懐中電灯を差し出した。

鞄《かばん》を肩にかけなおして、軽く手を振る。

「明日、教室で返して」

そのまま踵《きびす》を返して帰ろうとしたところで、不意に呼び止められた。

「拓海くん」

振り返ったが、表情は見えなかった。

夕暮れの光に、彼女の顔が埋もれてしまっていたからだ。だから、どんなことを言おうとしているのか、なおさら分からなくて、僕はただ首を傾げた。

「なに、安芸さん」

「ううん、なんでもない。また明日」

と、彼女は笑ったのであった。

五

少年の背中が夕暮れの向こうに遠ざかってから、安芸遥香は吐息をこぼした。

夕暮れというよりも、夜に近かった。地平線が淡く紅の名残に染まっているきりで、太陽はもはや落ちきっている。

「……あちこち連れ回して、見つめていたかっただけ」

少年に話した言葉を、彼女は繰り返した。

それから、もう一度。

「見つめて、痛かった、だけ」

ほんの少し違った言葉を、聞く者はいなかった。

頬《ほお》に流れた雫《しずく》も、また。

それから、遥香はゆっくりと、どこか疲れたような――憑《つ》かれたような足取りで、とある地点へと向かった。

檻杖くのりが舐めたと、薊拓海が教えた場所だった。

ちろりと、遥香の唇から赤い舌が覗《のぞ》いた。

六

事件が発覚したのは、翌日の昼前であった。

朝からクラスの席が余分に空いており、いささか気になっていた僕が確認しようとした矢先に、教壇の先生が全員へ知らせたのだ。

安芸遥香が、村はずれの廃工場で倒れたというニュースだった。

七

「どうしたの？　変な顔して」

病院の白い個室で、きょとんと安芸はこちらを見つめていた。

まるで、いつもと変わらない。ベッドから上半身を持ち上げているところはともかくとして、悪戯っぽい目つきも、手持ち無沙汰に胸元で揺れている指も、僕の知る安芸のものだった。

放課後になって駆けつけたのが、なんだか虚《むな》しくなってくるぐらいの有様である。

「怪我とかはなかったのか」

「あはは、ごめんね。気づいたら、朝あそこで倒れていて」

恥ずかしそうに、安芸が笑う。

その笑顔も、馬鹿馬鹿しくなるぐらい、普段と一緒だ。空回りしてしまったのは僕だけ。神が天にいるかはともかく、世はなべてこともなし。

「慌《あわ》てて携帯で電話したら、なんだか大げさなことになっちゃったみたい。一応検査のために入院してるけど、二日ほどで退院だって」

「いっそ三ヶ月ぐらい入院して、夏休みまで満喫したら？」

「わ、ひどい。倒れたクラスメイトに言う台詞、それ」

「見舞いに来た客に、変な顔って切り出したヤツの言うことか」

「む、それもそうかな。そうかも」

尖らせた唇の下に指を添えて、安芸が眉根をよせる。

まったく、こんなときまで無駄に朗らかなヤツだ。呆れていいやら怒っていいやら、いずれにせよ、こちらの深刻な気分はすっかり削《そ》がれてしまった。

近くの丸椅子《まるいす》に腰掛けて、頭を掻く。

ついで、こんな場所で切り出す話題じゃないなと思いつつ、

「くのりのことなんだけど……」

と、持ちかけたときだった。

ベッドで上半身を持ち上げた少女が、ことりと首を傾《かし》げたのだ。

「くのりって何のこと？　薊くん」

ぞくり、と何か得体の知れないものに、背筋を貫かれた気がした。呼吸が寸瞬止まって、心臓が大きく跳ねた。

「……今、何だって」

「あ、いや、檻杖くのりさんだっけ。いつも欠席してる子。変わった名前よね」

やっと気付いたと言うように、少女が元気よくうなずく。

冗談ではなかった。冗談だってば、と付け加えてくれるのを僕は切実に祈ったが、十秒近く沈黙を貫いても、そんなことにはならなかった。

冷えきった胃の感覚を堪《こら》え、僕は続く言葉を必死に探した。

適切かどうかは分からないが、こんな風になった。

「魔女の話は」

「魔女？　薊くんはそういうのが好きなわけ？」

　さきほどまで空回りしていた歯車が、ガチンと噛み合った音がした。噛み合うべきではなかったのに。

　平凡な白い病室が、蠢《うごめ》く内臓に変わったようだった。

　ぐるぐると目眩《めまい》がして、椅子から倒れ込んでしまいそうになる。これは夢か？　だったら、夢を見ているのは誰だ？　こんな悪夢を見せられているのは、僕か？　安芸か？

「あそこの工場に行った理由は、覚えてるか」

「あ、そうそう。なんでだろうね。夜道に迷ったのかな。お医者さんにも夢遊病とか過去にあったかって訊かれちゃった。検査も、ほとんどは何か変な薬品が残ってないかってことだったし」

　まるで、それは少し季節の早い蜃気楼《しんきろう》のように。

　すっぽりと、彼女の記憶から一連の事件が抜けていた。

「あ、ひょっとして薊くんは何か心当たりが？」

「いいや。そんな付き合いじゃなかっただろ、僕と君」

　と、僕はかぶりを振った。

　淡く笑って——こんなときばかり、会心の表情がつくれたなという自信とともに、病室を出て行った。

病院の長い廊下で、日下《くさか》先生が待っていた。

安芸のことを伝えてくれた、クラス担任の理科教師である。僕が見舞いに来たいと言ったら、一緒に来てくれたのだ。どうやら医者と話していたようで、ちょうど頭を下げて別れたところだった。

それからこちらを振り返って、

「ん、なんだか深刻な顔だけど、薊はどうかしたの？　安芸ちゃんと喧嘩でもした？」

「大したことじゃないです」

本当に、こんなときだけいい先生だ。もっとも、そういう洞察力は今の僕には邪魔なのだけど。

「ちょっと、前に話したことを、安芸さんが忘れてて」

それだけを話すと、先生はかすかに眉根を寄せた。

「お医者さんも同じことを言ってたけど、記憶が混乱してるみたいね。あの廃工場、昔も残留ガスとかで事件になったそうだもの」

もちろん知っている。

ヤクザの死体処理事件について、檻杖の家の介入もあって、そういうことで処理されたのだ。安芸が薬品の検査について話していたのも、おおよそ同じ事情からだろう。

（……残留したガスのせい？）

胸中で反芻《はんすう》して、ぎりと歯嚙《はが》みした。

（……いいや）

と、否定する。

たとえ、実際にガスやなんらかの薬品が残留していたとしても、そんな都合の良い忘れ方があるものか。

病院を出たとき、僕はひとつの決意を固めていた。

八

桜が、咲いていた。

もちろん、ソメイヨシノの時季はとうに過ぎている。

薄靄《うすもや》の中、ひらひらと降り落ちる花びらは、僕らがすぐに思い浮かべる淡桃の破片ではなく、もっと濃い色でいささか厚ぼったい、固まりかけた血を彷彿《ほうふつ》とさせるそれであった。

山桜である。

古くより、多くの歌に詠《よ》まれてきた日本古来の種だった。個体変異の多い種で、色も白から薄紅までさまざまだが、とりわけこの一帯に咲く桜の色は濃かった。

今、小高い丘のあちらこちらに薄靄がたちこめ、その山桜が咲いている。日当たりや交雑の偏《かたよ》りによるものか、お行儀の良い街の桜並木とはまるで違っていて、丘に根を張った桜たちは、めいめいが厳しく睨《にら》み合っているようでもあった。薄靄の中を音もなく舞う、紅の鬼にも似ていた。

唐突に、僕は坂口安吾を思い出した。

――『桜の森の満開の下』。

山賊と鬼女の物語だ。

鈴鹿峠に住む山賊が、他人の女房《にょうぼう》を妻とする。

しかし、力尽くで支配されるはずの女は、むしろ山賊を巧みに誘導し、気に入らなかった相手をことごとく殺させていく。山を離れて都に行けば、山賊に殺させた者の首で遊びだす始末で、女の放埒《ほうらつ》な遊びはどんどんとエスカレートしていく。

ついに疲れ果てた山賊は、女とともに山に戻り、かつては怖がっていた桜の森の満開の下へと足を踏み入れてしまう。

おぶっていた女が鬼と変わり――あるいは、そんな幻覚を見て、山賊はあんなに大切にしていた女の首を絞めて殺害してしまうのだ。しかし、その女の死体さえ、桜の花びらと変わる。残された山賊もまた、彼女を追うようにして消えてしまう。

「……あとに花びらと、冷めたい虚《こ》空《くう》がはりつめているばかりでした」

記憶に残っていた最後の一文を、口にしたときだった。

とりわけ大きな、桜の樹の下であった。

「遅かった、わね。拓海」

忘れたかった声が、僕を迎えた。

桜の下に、黒い夜が立ち上がっていた。

そんな風に錯覚するほど、艶《つや》やかで黒い髪だった。たとえ触れなくても、一目でその量感も滑り心地も思い出せる。この指に挟んだ時の、今にも消えそうな儚《はかな》い感触が蘇る。あれから何ひとつ変わっていないと、はっきり確信できた。

降りしきる紅の花びらが、彼女のセーラー服を掠《かす》めていく。ぞっとするほど白い肌が血を流しているようだ。凛《りん》とした細い眉に形の良い唇。つぶらな瞳《ひとみ》は微動だにせず、悲しいぐらい平凡な僕の姿を映している。

髪と同じ漆黒の色から、ほんの一滴垂らした紫色が浮かび上がったかのような、神秘的な瞳だった。

少女の名を、僕は知っている。

檻杖くのり。

会おうと思えば会えた。

この季節、彼女がよくこの丘にいることを知っていたからだ。もちろん、三年と数ヶ月ほどで彼女の習慣が変わっているかもしれなかったが、おそらく昔のままだろうという、不思議な自信があった。

　このことを以前の遥香に告げたら、怒られるだろうか。呆れられるだろうか。あるいは、そんなのとっくに分かってましたよ、とあの笑顔で窘《たしな》められるだろうか。

「…………」

　今は、別のことを考えてしまっていた。

　彼女の首を絞めたら、やはり桜の花びらに変わるのだろうか、と。

「桜になんか、変わらない、わよ」

　と、こちらの心を読んだような言葉がかかった。

「さっきの、坂口安吾、でしょ」

　昔からの独特な口調で、くのりは指摘する。僕のつぶやきも聞こえていたらしい。少しばかり恥ずかしくなるが、今回は気にしているほどの余裕もなかった。

　久しぶりだねとか、変わらないねとか、そんな風に話しかけて普通を装う手続きすらもどかしい。

　くのりが言う。

「私から、逃げるんじゃ、なかった、の？」

「諦《あきら》めた」

と、僕は答えた。

しばらく、くのりは不思議そうに黙っていた。

「私、逃がさない、わよ？」

だから、諦めたんだよ。

そうは思ったけれど、口には出さなかった。

くのりもそれ以上は追及せず、視線を向こう側に動かした。

何を見ているのだろう、と思う。小学生の頃から、彼女の瞳に映っているものが僕たちと違うのは分かっていた。だからこそ、クラスのほかの誰も、彼女と話そうとはしなかった。たとえばそれは、ソメイヨシノの中に、一本だけ山桜が混ざりこんだようなものだ。

彼女を嫌っているわけではなくても、その違いはあまりに明確である。学校が求めているのは大量生産《マスプロダクション》なりの穏やかさであり、原種のいっそ猛々《たけだけ》しい佇《たたず》まいは不要ということだろう。

「知りたい、ことが、あるの？」

「うん」

小さく、うなずく。

「安芸遥香の事件の真相を知りたい」

「街から、来た子、ね」

「うん」

もう一度、同じようにうなずく。

ほとんど学校に出席していないくのりだが、クラスメイトの名前と顔は一致している。出席していても、ろくに顔を覚えられない僕とは正反対だ。

「工場の、事件は、知ってる」

と、くのりは口にした。

このあたりで起きた奇妙な事件なら、彼女の耳に入って当然だろう。ヤクザの事件について、くのりの父親が介入したというのも、けして偶然によるものではない。もともと檻杖は、こうした揉《も》め事や厄介事を引き受けてきた家でもあるのだから。

「彼女は、事件について一連の記憶を失ったんだ」

「記憶？」

「くのりのことにずっと興味を持っていたのに、何もかも忘れたみたいだった」

「私の、ことに？」

僕が立ち会った状況を話していくと、くのりはかすかに眉を寄せた。

「魔女は、共感能力者《エンパス》、である、ね、そのものじゃないにせよ、基本的な、ルールとしては、正しい、わ。だけど……」

数秒、沈黙する。

それから、こう尋ねたのだ。

「たとえば、私が、彼女を食べたと、思う？」

絶対にあり得ない、とは言えないだろう。

なにしろ、久城の魔女だ。他人の記憶を奪うぐらいは平然とやってのけるかもしれない。まして、くのりの秘密に興味津々《しんしん》だった安芸となれば、動機も十分ありえるだろう。知られてはならぬ秘密ならば、くのりにも、檻杖の家にもたんまりとあるはずだ。

しかし、

「いいや」

かぶりを振ると、くのりの細い眉が寄った。

「即答、するのね」

「君は死を食べるだけだ。君が殺すわけじゃない」

「そう、ね」

と、少女はうなずいた。

なにもかも、昔と変わらなかった。けして、純真な少年少女時代なんて言えないけれど、それでも胸を刺す思いはあった。ずっと彼女を忘れようとしていた年月は、ほんの数分ほどで嘘みたいにかき消えてしまっていた。

しばらくして、彼女はとある単語を吐き出した。

「……ドッペルゲンガー」

「え？」

あまり、この場に似つかわしくない言葉のように思えた。

確か、それはドイツで生まれた伝説のはずだ。自分とそっくりな相手が現れたり、もしくは同じ人物が同時に別の場所で姿を現わす超常現象。そうしたドッペルゲンガーに出会うと、すぐに死んでしまうなんて話もある。

しかし、どうしてこのタイミングでそんな伝説を紐解《ひもと》かれるのか分からず、つかの間戸惑っていると、くのりは目を細めて、こう付け加えたのだ。

「拓海、小学生の頃より、馬鹿《ばか》に、なった？」

いきなりの直球だ。

もしくは大暴投というべきか。いや、確かに小学校当時に比べれば、成績はかなり落ちたのだけど。

「なんだよ、それ」

「でなきゃ、どうして分からない、の？」

花冷えのような温度で、容赦なく突き刺してくる。

「ルールは明確。ヒントも、十分。警察なら、ともかく、拓海は、魔女や魔法の実在で悩む必要も、ない。私が死を、喰らわなくても、とっくに答えが、出てる」

はらはらと、山桜の花が舞った。

そして、

「安芸遥香」

名前を口にしてから、黒い髪の魔女はこう断言したのである。

「彼女は、嘘つき、よ」

一切の抗弁を許さぬ、苛烈《かれつ》さを秘めた言葉だった。

「それって……どういう……」

くのりは答えなかった。

代わりに、こんな風に続けた。

「拓海、あとで町外れの、橋のところに、来て。準備しておく、から」

それだけで、桜の向こう側へ立ち去っていく。

かろうじて、その背中を呼び止めた。

「待って、くのり」

「今のは、解くべき問題は、何か、ということ」

と、くのりは振り向かずに口にした。

長い髪の肩口に、桜の花びらが落ちていた。

「この場合、というか私たちの、場合、だいたいこれは、同じ問題に、なる、わ。つまり、誰が、どんな嘘をついているか、よ。誰が、というのは安芸遥香と、言ってしまったから、後はどんな嘘か、ね」

風が吹き、桜の破片が流れる。

それに押されたように、丘の薄靄の内側へ、ゆっくりと彼女が溶けていく。

「ねえ、拓海」

最後に、声が残った。

「それってつまり、魔女を推理、することなのよ」

九

再会は、すぐだった。

夕陽が落ちきり、つかのま、世界が赤と黒に塗り分けられる時間。

あの工場で、安芸と別れたのもこの時間だと、ぼんやり僕は思い返していた。黄昏《たそがれ》。

誰ぞ彼。彼そ誰。人の顔が夕闇《ゆうやみ》に埋没し、誰が誰かも分からなくなる刻《とき》。

橋からくのりが案内したのは、新興住宅地の一画だった。

この田舎では比較的洗練された、四角く区切られた新しい団地と、そこそこ古い一軒家とが軒を連ねている。電灯も古いものと新しいものが混在していて、在り方に迷っているこの街のようだった。

そろそろ夕方で、人通りは少ない。

どこか眠そうな烏《からす》の鳴き声と、夕暗《ゆうやみ》に浸されたその風景の中で、

「……ここ、ね」

と、くのりは足を止めた。

その入り口にかかった表札で、やっと僕もその意味が分かった。

「安芸の家?」

少し古い、一軒家だった。

表札は新しいものだったから、こちらに越してくるときに借りたのだろう。あとで来てとくのりが言ったのは、この住所を調べていたのだろうか。

くのりは、すたすたと裏に回った。

「って、くのり……」

「ついて、きて」

短く言って、周囲の人影だけ確認してから、鞄から用意した品を取り出す。

ガムテープを窓ガラスに手際《てぎわ》よく貼《は》り、その上からハンマーでがつんとなぐりつけたのだ。当然ながら、ガラスは砕けて、しかしガムテープによって固着されたままだった。

「やっぱり、一人暮らし、だった、みたいね」

「…………」

僕の方は、唖然《あぜん》としてすぐ、なんとなくため息をついた。

本当に変わってない。

口調こそ途切れ途切れでも、行動は大胆そのものだ。

ガムテープを剝《は》がして、壊れた窓ガラスの隙間《すきま》から鍵《かぎ》を外して、彼女は淡々と内部に侵入する。おっかなびっくり、僕もその後についていった。毒を食らわば皿までである。

（……安芸の家族は、前の家にいる？）

そんな疑問を抱きつつ、一応靴を脱いで、人の気配のしない家を歩いていく。

安芸の部屋は、すぐに分かった。

壁には好きな洋楽のポスターが貼ってあり、窓際には小さな植木鉢と、ウサギとくまのぬいぐるみ。とりわけ、几帳面《きちょうめん》にジャンルごとに揃《そろ》えられた本棚や、扱いやすく仕切られたクローゼットは彼女らしいと思われた。

無造作に入っていき、くのりがぐるりと見回す。

それから、

「これ、は？」

と、くのりが持ち上げたのは、デスクの写真だった。

仲睦《むつ》まじそうな、ふたりの少女が映っていた。左側はゆるくウェーブした長い髪で、喉元《のどもと》にほくろのある、メガネをかけた文系っぽい少女。ああ、おそらく安芸の言っていた親友だろう。彼女にオカルトの話を聞かせていたという、亡《な》くなった娘。

そして、右側のショートカットが中学生時代の安芸――いや、そう思ったところで、僕は眉をひそめた。

「安芸じゃない？」

よく似ている。とても、よく似てはいるのだ。

しかし、写真越しでも、その髪質が違うことは分かる。一度切った相手なのだから間違うはずもない。しっとりとした髪も、額の生え際もまったくの別ものだ。

「そう、違うわ、ね」

と、くのりも肯定する。

嫌な予感に、鼓動が早くなった。謎《なぞ》の中核に足を踏み入れた分、周囲がさらに暗くなったように思えた。

「じゃあ、こちら、は？」

左側の少女を、くのりが指差す。

「安芸の言ってた親友だろう。明里だったっけ」

「違う、わ」

かぶりを振って、くのりははっきりと言う。

長くウェーブした髪の隙間の、喉元のほくろを指差した。

「これ……って」

見覚えがあった。初めて彼女の髪を切ったとき、垣間見《かいまみ》たものだったから。

しかし、その答えは到底受け入れられなかった。

「彼女が、安芸遥香、よ」

冷ややかに、くのりが告げる。

「……それは」

どうしよう。

くのりが言っていることはおかしい。どう見ても、写真の遥香は右のほうだ。

なのに、僕の直感はくのりの言葉こそが真実だと告げている。ここまで気づかなかったお前こそが、本当の愚か者だと。

「今、あなたも言った、わよね。安芸遥香の、親友。オカルトに詳しかった、女の子。自分の話を、友達のことだって話すのは、普通のことじゃ、ない？」

その通りだ。

オカルトに詳しかったのは、親友のことではない。

久城の魔女に憧《あこが》れていたのは、親友のことではない。

どちらも、安芸遥香本人のことだ。

指先が震えた。

震えながら、安芸と同じショートカットをした少女を差した。

「じゃあ、この子は」

「もちろん、安芸遥香の、亡くなった親友、でしょう」

当たり前のことじゃないの、とばかりにくのりが言う。至極単純な消去法。黒と白のボタンふたつで、黒が取り除かれれば、白しか残らない。

僕の気づかなかった真実を——気づきたくなかった真実を、彼女の口が言う。

「安芸遥香は、自分の親友になったのよ」

僕からの返事は、少し遅れた。

彼女の言う意味を咀嚼《そしやく》するのに、それだけの時間が必要だった。

「……なんの、ために？」

写真を見やる。

似ているとか、似せた、とかのレベルではない。

一卵性双生児と紛《まが》うほどの酷似だ。恐ろしいのは、よくよく見れば目元なりさきほどのほくろなり細かな違いが指摘できるのに、総体となったときに突然見分けがつかなくなることだった。

　あなたらしいね、なんて言葉はよく使われる。

細かなパーツではなく、その本質があなたらしいと。

だとすれば、今の安芸遥香は細々したパーツではなく、本質からしてかつての友人になりすましているのだった。

「ドッペルゲンガー……」

　思わず、声が漏れてしまった。

　それはまるで、くのりの呟いた伝説のようではないか。

「共感能力者《エンパス》の話を、安芸遥香はした、わね」

　あの工場で、友人からの受け売りだけどと断りつつ、語ってくれた事柄だ。久城の魔女は、ひいてはくのりの異能とは、結局そういうことなのではないかと、安芸は話していた。

「確かに、私の能力はそういう、ものかも、しれない」

　今、くのりも認める。

　共感能力者《エンパス》とは、言葉にならない情報を受け止めるものたち。

　ならば、死者の声も似たようなものなのではないか、と安芸は推測していた。同じ能力の延長線上に久城の魔女もいるのではないかと。

「でも、彼女は言わなかった？　共感能力者《エンパス》って普通のこと、よ？」

「普通？」

「相手の気持ちになる、っていう、こと」

くのりの白い指が持ち上がった。

それは幽霊みたいに薄闇をうごめいて、柔らかく僕の胸へと触れた。

「他人の不幸を聞いて、胸が痛くなるって言う、でしょ？　共感能力者《エンパス》の場合、あれはたとえじゃなくて本当に、痛くなる、のよ。こういう感覚混在を、してしまう人間も、人口の１％から２％いる、って、言われてる、わ」

くのりの指を通じて、とくん、とくん、と自分の心臓が動いているのを意識した。かすかに脈打つ彼女の指先に、そのまま溶けてしまいそうだった。僕と彼女の境界が不確かになって、そのまま融《と》け合ってしまいそうに思えた。

だから、くのりが言いたいことも、察してしまった。

目を背けていたかったことに。

「それって……つまり安芸が」

「共感能力者だっていうのは、安芸遥香本人、のことよ」

彼女の嘘を、くのりが暴《あば》く。

「もう一度言う、わね。共感能力者《エンパス》っていうのは普通のこと、よ。大なり小なり、その素質は誰にも、ある。でなければ、社会なんてつくれない、もの。安芸遥香は、あまり人と関わらないあなたにも、すっと懐《ふところ》に入ってくるような、人じゃなかった？」

　ふと、食堂のカレーを思い出した。

たくさんあった調味料から、一発で僕の好みを差し出したこと。あれが単なる偶然ではなく、共感能力者《エンパス》のゆえだったとしたら？

　実にくだらない。

　そんなのはいくらだってこじつけられる。

　だけど、連鎖的に、僕は似た出来事を思い出していた。

僕が無くした鋏《はさみ》を、安芸が見つけ出した事件。もっともらしい推理を安芸は話していたけれど、結局のところ、あの大部分は後付けだったのではないか。だからこそ、最初の推理が披露された時点で、僕も指摘していたではないか。

　――『人の顔色でいろいろ読みすぎじゃないか』

　その直感こそが、真実だったとしたら。

人の顔色で――いいや、ちょっとした仕草や声色や、そんな表出さえ伴わないかすかなパラメータの変化から、本来ありえぬほどに相手の本質を察知してしまうのが、彼女の特質だったとしたら。

「でも、それと安芸が記憶を失ったことにどんな関係が？」

言い返した僕に、くのりは小さくうなずいた。

「きっと、この土地に来るまでの彼女は、共感能力者《エンパス》と、いっても、優れた素養がある程度だった、はずよ。あくまで、なりすまし。あくまで、高度な演技の範疇《はんちゅう》。それ以上を、望むのであれば、彼女には、手本になる存在が、必要だった」

「……手本」

それが何かなど、言うまでもない。

この土地に来てから、彼女が何を求めていたか。

「久城の魔女」

「少なくとも、安芸遥香はそう考えた、のね」

と、くのりが認める。

僕の胸元から白い指を外して、もう一度写真を見つめた。その赤い唇を、なお赤い舌が割った。

「深度の高い共感能力者《エンパス》なら、相手に、直接会わずとも、相手の情報を知ることが、できる。だって、そういう能力、なのだもの」

たとえば、間抜けな同行者が、かつての事件現場に案内などしたら？

そこで何があったかをわざわざ説明なんかしたら？

より高度な共感能力者《エンパス》の、魔女の在り方を詳細に知ることで、安芸の元々の能力が向上したとしたら？

すべては推測だ。くだらない妄想に過ぎない。

だけど、この写真の、安芸の変貌《へんぼう》ぶりを見れば――

「安芸遥香は、魔女になりたいと、言っていた、のね」

……ああ。

魔女を推理するとは、そういうことか。

確かに、安芸は魔女になったのだ。嘘《うそ》つきな魔女に。

「憑き物が、伝染《うつ》った」

静かに、くのりが囁《ささや》き、続ける。

「一流の詐欺師《さぎし》は、詐欺の間、自分の嘘を信じ込む、なんて言う、わね。深度の高い共感能力者《エンパス》なら、この程度は、もっと強く、なる。そして、」

「相手になりきってしまう」

くのりの言葉に被《かぶ》せて、僕が言った。

ふと、ぬいぐるみを見やった。これは安芸と親友の、どちらの趣味だろう。この安芸の部屋で、かつての安芸の成分はどの程度残っているのだろう。

「だったら、もう、安芸遥香としての記憶は、邪魔。そうでしょう？」

「つまり、安芸は記憶喪失じゃなくて」

「思い出せない、のじゃなくて、思い出さ、ない。ただし、このふたつは結局一緒、よ。本人はもはや意識なんか、してないのだもの。彼女の記憶を、彼女の能力が、堰《せ》き止める。無意識のうちに、記憶の浮上を、妨げて、いる。だって、なりきるために、自分の記憶は余計だもの」

　記憶が失われた、その理由。その意味。

　それは、失われたのではなかったのだ。安芸の中に残留していながら、安芸本人にも取り出せない場所に封印されたのだ。もちろん、先ほどの写真のように、かつての安芸遥香の記録も存在するはずだが、こちらは当人の認識が調整するのだろう。不都合な記録は見えなくなり、代わりに適切な言い訳が欠落を埋めて、『もとから親友のような人格だった安芸遥香』の記憶を構築してしまう。

　一拍おいて、くのりがこちらをじっと見つめた。

　薄闇の中で、

「……ねえ、拓海」

と、その唇が告げた。

「安芸遥香は、そうなると、分かって、いたはずよ」

その指摘は、狼狽《うろた》えていた僕の脳を、もう一度揺さぶり起こすだけの効果があった。

「どういうことだい」

「そのまま、よ。彼女は、魔女になりたいと、言ってたん、でしょう？　魔女になりおおせたら、今の自分は死ぬって、知っていたはず」

「死ぬって」

「記憶がなくなるって、死ぬのと、同じ」

　くのりの唇が、そんな台詞を吐き出した。

「私たちを、私たちたらしめているのは、記憶の連続性よ。だから私たちは、毎日、少しずつ、死んで、いく。記憶をなくして、取りこぼし、て、ごく普通に死んでいく。今の安芸遥香は、かつてのいろんなものを忘れて、取りこぼしてしまうことで、新しい自分を構築、した」

　きっと、そうなんだろう。

　幼稚園や小学生の頃はもちろん、ほんの数年前の中学生時代だって、記憶の中では朧《おぼろ》に霞《かす》みがかっている。だとすれば、あの頃の僕らは死にかかっているのだ。

「それじゃあ」

「安芸遥香のこれは、自殺みたいな、ものよ」

喉が干上がるのを感じた。

あのとき楽しそうに笑っていた彼女は、ずっと死ぬことを考えていたのか。この地点《ゴール》を目指して、死ぬために転校してきたのか。

くのりの唇から、赤い舌がこぼれる。

写真を眼の前に持ち上げ、愛《いと》おしむように、べろりと舐《な》めあげた。

痙攣《けいれん》するように、くのりの体が震えた。

「……ああ」

蛇に似て、天井を見上げたくのりの瞳が恍惚《こうこつ》に潤《うる》み。

カチリ、とスイッチが入った音を聞いたような気がした。

「拓海くん」

その声音に、息が止まる。

くのりのそれではなかった。この一週間ほど、幾度となく僕に呼びかけてきた声。

やはり、これは魔法だ。

いかに、合理的な説明をしようとしても、そんなものでは解き明かしきれない、本物の魔法。久城の魔女。

ふわりと、柔らかく少女が、笑った。

僕の知っている笑顔で。

「きっと、くのりさんと、ここに来るよね。死を嗅《か》ぎつけたら久城の魔女が来るんだもの。あたしが全然本当のあたしじゃなかったことも、もう分かってるよね」

己の死を再現されることを、彼女は知っていたはずだ。彼女自身が魔女について調べて、自分も魔女になろうという結論に至ったのだから。

ならば、この言葉は。

「言葉にしていない言葉、手紙にもしていないこの手紙を受け取るとしたら、久城の魔女だけだと思うから。ああ、写真で見たきりだけど、やっぱりくのりさんには魔女って言う方が似合うよね」

「君は、どうして」

問いかけに、返事はない。

これは、あくまで録音された記録のようなものだ。

くのりの能力は死に関連する状況の再現であり、イタコのような——あるいは安芸のような、死者の人格の再現ではない。

「覚えてる、拓海くん？」

と、くのりの顔で、過去の安芸が僕に問いかけた。

写真を、掲げる。

「この写真のあたしに、君が東京で本を貸してくれた。あはは、きっと覚えてないよね？　散髪に行ったときだって、君が狙《ねら》いで何度も見てたのに、まるで気づかなかったものね」

あっ、と喉からこぼれそうになった。

それは、宇治垣と話していたことだ。転校する前に、何人か本の貸し借りをするほどの仲になったと。

言われてみれば、その顔の――親友を模する前の安芸に、確かに見覚えがあった。図書館に探していた本がなかったという彼女に、一度貸しだしたことがあったはずだ。

一度だけ。

たった、それだけの縁。

「それだけのことが、あたしには嬉《うれ》しかった。明里と何度も話したぐらい。明里が、もう一度会ってみたくないのって茶化したくらい」

声音には、胸がいっぱいになるほどの何かが詰まっていた。

安芸がこの写真を前に告白したのが工場に行く直前だとしたら、ほんの数時間後には失われる想《おも》いであった。

「後は、君に話した通りだけど、ひとつ嘘ついたね」

と、死んだ彼女が言う。

「明里について知りたかったんじゃないの。死んだ彼女と最後に会話とかしたかったんじゃない。ただ、明里にあたしをあげたかった。だって、本当のあたしよりも、明里が生きている方がずっとみんな喜ぶんだもの。その方が喜ばれるって、あたしには分かるんだもの」

その方が喜ばれる。

彼女の場合、それはけして思い込みではない。

共感体質《エンパシー》という能力は、彼女の想像に保証を与えてしまったはずなのだ。より有意義な方が生き残るべきだと、以前の安芸が思い込んでしまったのも無理からぬことだ。少なくとも、以前の安芸遥香をきちんと思い出せなかった僕が、その選択にどんな文句をつけられるだろう。

「さようなら」

と、少女が笑った。

そのまま、笑顔が不意に透き通っていった。

「……今のが、彼女の死、ね」

くのりが囁いた。そのときには、かつての安芸遥香の残滓《ざんし》はまるで残っていなかった。

「あなたには、聞こ、えた？」

「聞こえたよ」

「そう」

と、くのりはいつもと変わらぬ表情でうなずき、唇に手をやった。

「ごちそうさま。あなたの死は、蜜《みつ》みたいな、味だった」

彼女の声が、主をなくした部屋に響いた。

十

割れたガラスについて、どのように措置したかは分からない。

ただ、事件として扱われたとは聞かないから、おそらくくのりの家が何らかの介入をしたのだろうと、僕は考えている。彼女の後始末をさせられる檻杖の雇われ人を思うと、いささか気の毒ではあるが。

いずれにせよ、

「薊くん」

と呼び止められたのは、二週間ほどした学校のロッカーであった。

「なんだい」

「また、檻杖さんが出席してないのだけれど、何か知らない？」

仁王立ちのまま、安芸がこちらをにらみつける。

退院してからの彼女は以前以上のバイタリティでクラスに打ち解けて、あっという間にリーダー的な立ち位置を占めている。彼女の存在によって、大いに日下先生は楽になったことだろう。

「残念ながら」

　かぶりを振ってから、ふと一冊の本を思い出した。

　タイトルは『魔女の歴史』。以前の安芸遥香に貸し出した本だった。たまたま僕がこの本を持っていたのは、もちろんくのりの影響以外にありえない。

「安芸さん」

「何？」

　きょとんとした彼女に、こう尋ねた。

「魔女って、興味ある？」

「何それ」

　快活に、安芸は笑った。

　以前の、彼女の笑顔を思い出そうとした。あの工場で、夕闇に染まっていた表情を。もうはっきりと思い出せないけれど、今と違うことだけは分かった。

　似ているけど、似ていない笑み。

　知ってるけど、知らないショートカット。

　あるいは、ドッペルゲンガーが捨ててしまった仮面。

いまだに、僕は、彼女の顔をうまく覚えられない。

僕が切ったショートカットしか、思い出せない。その手触りだけが、多分この指から離れない。ひょっとしたら一生。

「どうしたの？」

「なんでもない。じゃあ、また」

と、会釈《えしやく》した。

今日も、僕は、彼女の亡骸《なきがら》に別れを告げる。

第二話

魔女の身代わり

理科実験室に、魔女の亡骸が横たわっていた。
陶器人形《ビスクドール》のような、真っ白な横顔。
リノリウムの床に広がった、濡《ぬ》れ羽《ば》色の髪。

死体なんて見るのは初めてで。
魔女のことだって何も知らなくて。

だけど、君は笑うだろうか。
その時のぼくは、
君の髪を切ってあげたいって、
ただそれだけを、思っていたんだから。

一

金属と金属が、擦《こす》れ合う。

しゃきん、しゃきん、と断ち切っていく小気味好《よ》い音。

子供の頃から聞き慣れていた響きは、自分の手で奏《かな》でられるようになっても、妙に落ち着く。できれば、相手と場所が違えばもっといいのだけど。

放課後の、教室だった。

デッサン用の彫刻も埃《ほこり》をかぶって久しい、美術室。

すっかり夏なのもあって、窓からの日差しはまだ明るい。

蝉《せみ》の声も、今日は幾ばくか控えめだ。ただでさえ古めかしい校舎は、あまり盛大な合唱を受けると、どこかしら壊れてしまうんじゃないかと不安になる。もちろんそんなのは妄想だけど、生徒たちが走るたびにきいきいと軋《きし》む、蔦《つた》の絡《から》まった学《まな》び舎《や》としては、ふさわしい最後じゃなかろうか。

きっと、そのときは、こんな自分も目の前の少女も、まとめて瓦礫《がれき》に埋もれるだろう。できたら、この鋏《はさみ》はほかの誰かに触れさせず終わりたい。

そんな思いもよそに、手は勝手に進んでいく。

半端《はんぱ》な慣れ方をしてるからかえって性質《タチ》が悪い、とは姉の弁だが、今更不慣れにも戻れない。

「ねえ」

と、後ろ向きのままの彼女が言う。

「まるで首を、落としてる、みたい」

独特な言葉の区切り方はともかく、その内容に僕は軽く眉《まゆ》をひそめた。

ひとまず計画通りに鋏を進め、細かく髪を切り落としていく。驚くほど黒い髪と、カット用の白いケープがあいまって、なおさら介錯《かいしゃく》か何かの図に見えるが、つとめて意識しないようにする。

「わざわざ物騒な物言いを選ぶのはどうかと思う」

僕は付き合わないぞ、と強い意志を込める。

だいたい、いくら使われていないからって、美術室でクラスメイトの散髪をしてること自体、冷や冷やものなのだ。

それが伝わったかどうか、彼女は変わらぬ声音で、続けた。

「もっと、すっぱり切っても、いい」
「毛先を整えるだけって言ったろ。手持ちの道具だけじゃそこまで責任取れない。うちに客として来てくれ」
「それだと、逸花《いつか》さん、になって拓海《たくみ》じゃない、でしょ。私は、拓海が、いい」

つっかえ気味の言葉で、唇をへの字にする。

そんな信頼のされ方は困る。言葉にすると拗《す》ねるだろうから、反論は堪《こら》えたのだけど、こちらが嫌がったニュアンスまで伝わったらしい。つんと澄ましたままで、まぶたを閉じて、薄情な相手めと糾弾せんばかりに呟《つぶや》いたのだ。

「だって、やっと拓海が切ってくれるん、だから」
「…………」

まあ、逃げ回っていたのは本当だ。

この田舎に戻ってきて、意を決して彼女と再会してから二ヶ月経《た》ったわけだが、可能ならもう近づかないままでいたかった。薄情者と言われても仕方ないが、僕の素直な気持ちである。

今は、彼女の髪に触れている。

驚くほどに黒く、滑らかなのは変わっていない。再会してから何度か鋏を入れているのだが、毛先を整えているだけなので、いまだに腰よりもずっと長い。ここまであると、髪だけが本体と独立した別の生き物に思えてくる。美しいふたつの生き物が、ひとつのカタチをなしている。

――檻杖《おりづえ》くのり。

彼女の名前だ。

この土地に近しい者であれば、おやと小首を傾《かし》げるかもしれない。名士と呼ばれる事情や歴史は知らなくても、丘の上に佇《たたず》む、場違いに瀟洒《しょうしゃ》な西洋屋敷を知らない者はいないだろう。僕が幼い頃は、きっとあそこには遠い異国の人々が住んでいると思ったものだった。名前も知らない国の誰かが、数年に一度だけ使う別荘か何か。きっとその扉を開けば、彼方《あちら》の香りに包まれるに違いない。

そんな妄想を打ち切って、こちらの質問も口にしてみた。

「くのりも、そろそろ進路決めた？　日下《くさか》先生が提出してこないって嘆いてたけど」

「必要、ない」

にべもなく、くのりが返す。

「どうせ、あの家は、私から離れられ、ない」

家が、離れられない。

私が、離れられないのではなく。

「それはそうだけど、先生には納得できるところまで話しておくべきだって。くのりだって、何度も同じこと聞かれるのは嫌だろ」

「じゃあ、拓海から言って、おいて」

「そういう問題じゃないって……」

空回りする話に小さく唸《うな》る。とはいえ、相手の手強《てごわ》さはよく知っている。ここで言い募ったところで、暖簾《のれん》に腕押しならまだマシな方で、下手すると一週間ぐらいは執念深く、睨《にら》み続けられかねない。

せめて鋏だけを進めようとしていると、くのりは別の手に出た。

「溺死《できし》体《たい》。聞いた、でしょ？」

と、不意に話題を切り替えたのだ。

もう一度、僕は眉をひそめた。正直に言えば、やっぱりかとも思っていた。可能なことならば、そこまで話題が進む前に切り上げてしまいたかったのだが、こうして提示されてしまえば仕方ない。

「出たらしいね」

「うん、久城《くじょう》川」

このあたりでは二番目に大きな川だ。比較的流れが緩やかなのもあって、たまに家族連れが遊んでいたりする。

シャキ、シャキ、と音が鳴るたび、短く髪が切れ落ちた。白いケープを零《こぼ》れる髪の様子は、どこかしら川に似ていた。だったら、溺《おぼ》れているのは僕の指だろうか？

「新聞で、読んだ。小学生が泳いでいて、溺れたと、見られるって。昔、拓海と泳いでいたときも、足が攣《つ》って大変だったわ、ね」

「…………」

一瞬、指が止まった。

間をおいてから、子供相手みたいに言い聞かせる。

「いいかい、くのり。絶対に行かないように」

今の話は、一応記憶していた。

そういうアウトドア系には縁が薄いのだけど、たまたまクラスのみんなが盛り上がり、半ば強引に連れ出されてしまったのだ。結局麦わら帽子をかぶって文庫本を読んでるばかりだったのだが、容赦ない夏の光は脳裏に焼き付いていた。

少女の足が攣ったときも、近くを泳いでいた活発な男子が力強く助けたときも、僕は遠巻きに見つめているばかりだった。そのせいか、あまり周囲と打ち解けていなかった少女が、その男子とはそこそこの親密さで話しているのも何度か見かけたものだった。

いずれにせよ、昔のことだ。

そこで、ふと彼女の鞄《かばん》のポケットに挟まれた品が目に入った。

素朴な鴉《からす》の意匠が施された、漆塗りの万年筆だった。和風と洋風の入り混じった丁寧なつくりが目を惹《ひ》く。

「まだ持ってたのか」

「そう、よ」

と、くのりがうなずいた。

「だって、私の魔法の杖《つえ》、だもの」

瀟洒な文房具について、彼女はそんな言葉をのたまったのだった。人によっては浪漫や詩情を感じるかもしれないが、僕は直截《ちょくせつ》ぶりに眉をひそめるだけだ。

それから、

「ねえ、拓海」

と、くのりが囁《ささや》いた。

「死体の、あがった現場に、行きま、しょう」

「君、人の話を聞いてた？」

ほんの少し口調を強くして問いかけると、彼女は当然とばかりにこう続けた。

「じゃあ、ひとりで行く、わ」

「くのり」

「それが駄目だったら、ふたりで行く方が、お得。そう、でしょ？」

淡々と言って、こちらの鋏が止まったのを確認してから、ゆるりとくのりが振り返った。まだしも勝利の微笑が浮かんでいればマシだったのだけど、彼女の表情には鋭い刃《やいば》にも似た虚《うつ》ろさが張り付いているばかりだった。

だから、僕は諦《あきら》めつつ、最低限の質問をしておく。

「もしも、本当だったら、君がまた死ぬのに？」

「平気、よ」

と、彼女はへそのあたりを撫《な》でて返した。

「だって、おなかがすくのだ、もの」

二

僕が檻杖くのりと初めて会ったのは、六歳のときだった。

小学校の入学式である。

髪が驚くほど長かったことを覚えている。おおよそ入学したての小学生とは思われぬ佇まいで、きゅっと引き締めた唇が、まだ肌寒い風に逆らっているようだった。

それから三年間、どういうわけか、彼女は登校しなかった。

だから、彼女と二度目に会ったのは、僕が九歳——小学四年生になったときである。

先生に言われて、理科実験室へプリントを取りに来たところで、それと出会ったのだ。

傾《かし》いで重くなった扉を開き、内側の景色に、僕は停止した。

床に、夜が広がっているようだった。

「っ……」

悲鳴をあげなかったことを褒めてほしい。

床に広がっているのは、驚くほど長い髪であった。

机の陰に隠れるようにして、ひとりの少女が横たわっていたのだ。

眠っているとか、そういう次元ではない。

彼女に比べれば、人形はよほど生きていた。実験室の蛇口からこぼれる水の一滴さえも、遥《はる》かに生命の脈動を感じさせた。

「ッ……！」

逃げ出すより先に、目が食い入ってしまったのは、単に幼かったからだと思う。死んでいるということがまだきちんと理解できない年頃だったからこそ、悲鳴もあげずに済んだのではないか。

……いいや。

それは、嘘《うそ》だ。

その時の僕は、何もかもを吹き飛ばされていた。幼いながらにようやく築きつつあった美しさの価値観――山の端《は》を鮮やかに染める夕暮れの色や、何度も口ずさんだお気に入りの歌のサビ、台所で嬉《うれ》しそうに唇をほころばせた母親の横顔など、そうした記憶の連なりが、まったく意味を喪《うしな》ってしまった。

少女の亡骸が、その全《すべ》てを塗り替えてしまったから。

「あなた、何、してるの？」

不意に、死体が尋ねた。

それでやっと、僕は現実に帰ってきた。あるいは、まったく別の世界に飛び込んでしまった。

深呼吸する。

バラバラに砕けてしまった意識をかき集め、かろうじて平静を保ちつつ、こう尋ねる。

「プリントを、取りに来たんだ。……君こそ何をしてるの？」

「死んで、いるの」

と、彼女は答えた。

むくりと身体《からだ》を起こした彼女は、こちらを見向きもしなかった。死体ごっことかなら、僕らもしていた。だけど、今垣間見《かいまみ》たそれは、まったく意味が違う。まだそんな言葉は知らなかったけれど、魂までも奪われてしまったようだった。

「待って」

すたすたと歩き出した彼女を、必死に呼び止める。

「――髪、埃がついてる」

「そう。すぐ落ち、る」

彼女は、まるでこちらに興味がないようだった。まさしく眼中に入っていない。

「切らないの？」

「切って、くれる人が、いなくなった、から」

どこかぎこちない口調で、そのまま、すたすたと隣を通り過ぎようとする。

最初から最後まで、彼女の動作はあまりにもきっぱりとしていて、およそ小学生の態度としては完成されすぎていた。本当はそのまま見過ごす傍観者の立ち位置が、僕には似合っていただろう。偶然不思議で美しいものとすれ違っただけ。二度と関わろうとなんかせず、過去の思い出として記憶の底に閉じ込めてしまうこともできたはずだ。

だから。

続きを口にしたことを、今でも少しだけ、後悔している。

「僕が切ろうか？」

彼女の足が止まった。

「……切ってくれる、の？」

「家が散髪屋だから」

じ……っと、彼女が僕を見つめる。

大きな瞳《ひとみ》に映った僕は、宇宙空間に放り出された気持ちになった。当時好きだったSFアニメの影響かもしれない。たったひとりで漂流し続ける宇宙飛行士は、仲間が見つけてくれるまで酸素を無駄にしないよう、石みたいにうずくまっているのだった。

はたして、彼女はくるりと踵《きびす》を返した。

近くの椅《い》子《す》に、座ったのだ。

「……まだ？」

促した小声が、福音に思えた。

「待ってて！　すぐに鋏と櫛《くし》を取ってくるから！」

近くのプリントをひったくって、僕は実験室から飛び出した。父親の仕草に憧《あこが》れて、鋏と櫛をランドセルに忍ばせていたことが、運命のように誇らしく思えた。

もちろん、そのときの僕は知らなかったのだ。

当時の小学校で――その理科実験室で、本当に死者が出ていたことなんて。

＊

校舎を出る寸前、靴箱の前で、

「檻杖さんは、嘘つきよ」

苛立《いらだ》たしさを隠さずに言ってきたのは、ショートカットの少女だった。

安芸《あき》である。

なにも言えなくなって、つい僕は口ごもってしまった。ちなみに、髪を整えられたくのりは早々と下校してしている。多分僕が行かなければ、さっさと事件現場に向かってしまうだろう。

「聞いてるの、薊《あざみ》くん」

「いや、うん、聞いてるとも」

詰め寄ってきた安芸に、僕は可能な限りしかつめらしい顔でうなずいた。イメージは常連客に政治の話を振られた時の姉である。どれだけ頭を空っぽにできるかがコツよ、との姉の弁を懸命に守っていると、安芸はこう続けたのだ。

「嘘つきで、泥棒なのよ」

「泥棒？」

訊《き》き返すと、彼女は満足げに首肯した。

「そう、泥棒。さっきだって、しれっと豊巻《とよまき》さんの鞄を持っていって、ごめんなさい間違えちゃった……って、指定の鞄とかじゃないんだから、そんなの間違えるわけないじゃない。あんなの、豊巻さんの鞄が欲しかっただけに決まってる。薊くん、しょっちゅう檻杖さんと一緒にいるから騙《だま》されてるんじゃないかと思って」

彼女の言葉は辛辣《しんらつ》だが、それなりの正義感に裏打ちされていた。

おそらく嘘はついていない。逆に、くのりがどうしようもない嘘つきだということを、僕は誰よりもよく知っているわけだが、それを説明したら、なおさら激怒するのではあるまいか。

「で、その豊巻さんはどうしたの？」

こちらも印象は薄いが、三つ編みの女の子だった、ぐらいは記憶にとどまっている。

「そんなこともあるよね、で終わり。でも、あれって檻杖さんの家を怖がってるからじゃないの？　この辺じゃ結構な旧家なんでしょ。……何、変な顔して」

怪訝《けげん》そうに、安芸が眉を顰《ひそ》めた。

「別に。前も、君とこんなこと話したっけ」

「ないわよ、こんなの」

「あのさ。久城の魔女って聞き覚えはない？　山姥でもいいけど」

「ヤマンバ？」

化学の元素記号みたいな発音で呟いた彼女に、僕はほんの少し寂しくなってしまった。ほんの少しだけ。同時に、こんな未練が残ってしまっていた自分にもびっくりする。とっくに諦めたと思っていたのに。

「何よ、薊くん。やっぱり何か隠しごとしてない？」

「いやその、ええと、つまり」

不審そうな彼女に、もう一言か二言付け加えようとしたところで、

「――どうかしたの、あなたたち」

廊下の側から、背の高い女性に声をかけられた。

「先生」

自分たちのクラスの担任で、日下という名前だった。理科教師である。こんな田舎にはいささかもったいないというか、平均的な教師像からは逸脱してしまった人材で、明るい性質かつ授業も分かりやすいと評判だ。

声をかけたのも、僕と安芸の、なんとなく険悪な雰囲気を感じ取ったからだろう。

「なんでもありません」

「んー、本当かなー？　君たち無駄に青春を浪費してないかなー？　いやいや青春は少々浪費すべきものだけど陰湿なのはあまり感心できないぞ？」

こめかみのあたりにぴょこぴょこ指を立てた姿は、本人はレーダーのつもりなのだろうが、予算のかかってないコメディドラマの異星人みたいに見える。というか、びびびびびと勝手な擬音をつける姿は、教師としての威厳もクソもない。

もっとも、そんなところに突っ込んでいては切りもないので、

「大丈夫ですよ」

とだけ言って、かぶりを振った。

それきりで、さっさと外靴を履いて立ち去ろうとしたところに、不服げに取り残された安芸から声がかかる。

「待って。魔女って何？」

「もちろん、くのりは嘘つきだって話だよ」

肯定して、僕は早足で逃げ出した。

一応彼女の言い分に配慮したつもりだけど、少しは溜飲《りゅういん》も下がっただろうか。

校庭に出たところで、遠く、太鼓の音が聞こえた。

（……もうすぐ、祭りだっけか）

田舎らしく、長々と一週間も催されるその儀式に、僕は想《おも》いを馳《は》せた。

時間に取り残されたような音だ、と。

*

川のせせらぎが、聞こえた。

近くで、柳が揺れている。

颪《おろし》の季節ではないにせよ、時折山から風が吹き下ろしてくるのだった。その風と同じように、山の中腹から白い泡を蹴《け》立《た》てて、水が流れ落ちてくる。

話に出た、久城川である。

少し離れて、電車の音が聞こえた。下流の方では鉄道橋があり、十数分に一度というゆったりした間隔で、年老いてやつれたような電車が駆け抜けていくのだった。

夕映えに照らされて、僕の足元に影が伸びている。

その影を踏んでいくと、はたして長い髪の少女が佇んでいた。

「来た、のね。拓海」

「来いと行ったのは君だろう」

なるだけ顔を歪《ゆが》めて、いーっと歯を剥《む》く。

もっとも、こちらの威《い》嚇《かく》なんかまるで気にした風もなく、くのりは川の方に目を向けていた。田舎らしく澄んだ流れで、せせらぎは耳に麗《うるわ》しい。蒸し蒸しした外気もあいまって、このまま飛び込みたくなってしまう。もちろん、つい数日前、この場所で死体があがってたなんて知らなければだけど。

湿った土をブーツで踏みながら、くのりがくるりと周囲を見回した。

「ドラマで見るようなテープとか、張ってない、のね」

「事件性はないって見られてるんだろ。足が攣って溺れるなんて、いまさらだし」

近くの立て看板に、『川の流れが早いよ！　泳がないでね！』と書かれているのも、いまとなっては虚《むな》しいばかりだ。

額の汗を拭《ふ》きながら、僕が言う。

多くの樹木が植わった山際《やまぎわ》だけに、都会より幾分暑さはマシだが、次から次へと汗が噴き出すのは変わらない。粘っこく張り付く汗を途中で諦め、くのりと一緒に川の周辺をざっと見やる。

景色には何の変哲も無い。

山奥まで遡《さかのぼ》る水の流れも、泥混じりの土の臭《にお》いも、昔の記憶のままだった。もはや死体があがったなんて事実は、誰もが忘れ去ってしまったようだ。

「ね？　拓海。ここで死んだ人はなんて名前なの？」

当然調べてきたでしょうというくのりの言葉に、僕は小さくため息をついてから、口を開いた。

「古田《ふるた》葉子《ようこ》。小学四年生。三日前の夕方頃、友達と遊んだ後、ひとりで泳いでいて溺れたらしい。ちなみにこの川の事故としては四年ぶり。前のときもそうだったけれど、まわりに誰もいなかったそうだから、ひとりで泳いでいたんだろう。発見されたときには、川の端に流れ着いていたということだよ」

「そう。ひとりぼっちだった、のね」

「新聞の限りでは」

どんな気持ちだったんだろう。

ひとりぼっちで水の内側に沈んでいくところを、想像する。足は動かず、いくら手を動かしても、水面へと浮かばない。もがけばもがくほど遠ざかる世界に、幼い彼女は何を考えていたんだろう。

（……分かるはずもないな）

死者の思考なんて、僕には想像もできない。

仮に理解したところで、それが何かの足しになるとも思えなかった。

「さっさと帰ろう」

呼びかけたが、くのりは返事もしない。

このまま居座っているようだったら、自分だけ引き返そうかとも思ったが、はたして数十秒ほどで変化が生じた。

近くの石に、万年筆で触れたのだ。

魔法の杖と言っていた品であった。

蓋《ふた》をしたままの筆先で、コン、コン、コン、と叩《たた》いてから、その視線が動いた。

「……いた」

と、くのりが囁く。

土を踏んで、川べりへと近づき、髪が汚れるのもかまわず、そっとしゃがみこんだ。

ひどく、真剣な表情だった。こちらが止める間もなく、白い指がいくつもの石の表面をなぞり、その端がほんの少し——ありえないことに、まるでゼリーみたいにふよんと歪んだように見えて、至極小さな何かをつまみあげたのだ。

「紙？」

どうやら、紙の切れ端のようだった。

濡れた紙片が、石の角に張り付いて残っていたらしい。その石ごと、くのりは顔の前に持ってくる。形の良い唇を、ちろりと真っ赤な舌が割った。意外なほど長いその先端が石の表面を這《は》いずって、紙片を用心深く剝《は》がし——ごくり、と飲み込んだのだ。

「くのり？」

びくり、と彼女の肩が震える。

顎元《あごもと》から胸元まで、ある種の波が伝わるように見えた。

ひどく、呼吸が荒かった。そのまま彼女の内側へ波は飛び込んで、細い体を蹂躙《じゅうりん》し、凌辱《りょうじょく》し、痙攣《けいれん》した喉《のど》からは透明な炎が噴き上がるかにも思えた。

「くのり！」

叫んで近づいた僕の前で、くのりがえずいた。

二度、三度と痙攣して、くの字に曲がったセーラー服の背中が哀れに上下する。数歩手前で立ち止まった僕の視界で、少女の様子はゆっくりと落ち着いていった。

「大丈、夫」

振り返った横顔が、そっと唇をほころばせた。

汚れた口元をハンカチで拭き取り、指先を据えたままで、陶然と囁いたのだ。

「少し薄かった、けど、甘かった、わ」

……ああ。

こればかりは癪《しゃく》なのだけど、今彼女の唇に宿った笑みだけは、紛れもなく真実の色彩に満ちていた。

彼女の性質。

嫌というほど知らされている、彼女の秘密。

かつての安芸は、共感能力者《エンパス》と呼んでいた。

そして、別の知人はこう言っていた。

――『降霊術、なんて呼ばれるやつだね』

――『古代ギリシャでは魔女キルケーから始まるネクロマンテイア。おおよそ死体占いぐらいの意味になる。日本でもイタコって人たちがいるだろう？　こうした魔女や霊媒《メディウム》たちが本当に死者の霊を憑依《ひょうい》させているかには疑問があるが、家族ですら信じざるを得ない何かを、彼女たちが体現したことは間違いない。死者の情報と、彼女たちは共鳴してみせたんだ。そう、くのりのようにね』

死者との共鳴。

そう、確かにそれは共鳴なのだ。自分の骨を軋《きし》ませ、内臓を震わせ、遠く離れた音叉《おんさ》と共鳴するかのように、くのりは過去にあった死を再現する。

「川は、いろんなものを連れてきてくれる。此岸《しがん》と彼岸の間《あわい》だもの」

くのりが、言う。

彼女の家で教わってきた事柄だろうか。くのりの言葉にどれほどの道理があるのか、僕には分からないけれど、不思議な説得力があるのは確かだった。あるいは、彼女がその心身で経験してきた真実が。そのためか、彼女の口ぶりはいつになく滔々《とうとう》としていて、同時に情熱的だった。

その熱に押されるようにして、つい僕も訊いてしまう。

「ここで、死者が出たの？」

「そう、ね。暗かった。暗くて、じめじめしてて、体のあちこちを蹴られた、のよ。とても、苦しかった。苦しくて、真っ白で、ずっとずっと寂しかった」

その発言に、片眉をあげた。

「ん？　ちょっと待って。ここにあがったのは水死体だろ」

「知らないわ、そんなの」

と、くのりが言う。

彼女のうなじに、赤紫の痣《あざ》が浮かんでいるのに、僕は気づいた。内出血だろうその色合いはさきほどまでなかったはずだ。

彼女が共鳴した『死』は、その跡まで正しく再現する。

だけど、性質を疑わぬからこその不合理に、僕はもう一度問いを投げかける。

「でも、警察がちゃんと検死するだろう」

「どう、かしら。警察がちゃんと、検死できる数は、限られてる、もの。こんな田舎じゃ、通り一遍で、済まされるし、死後半日も、水に浸《つ》かっていたら、遺体から得られる、情報は、ぐんと減って、しまうわよ」

一拍おいて、彼女は小首を傾げた。

続けて、こんな風に言葉を紡《つむ》いだのだ。

「それとも、死体が違うのかしら」

「死体が、違う？」

鸚鵡《おうむ》返しに口にして、すぐ僕は瞬《まばた》きした。

「ここで、別に、事件があった？　警察が気づいてない事件が？」

ぞくり、と背筋を冷たいものがよぎった。違和感が出来の悪いヤスリみたいに首裏を刮《こそ》ぐ。絶対にもう関わりたくなかったのに、どうしようもなく関わらせられる——そういう予感混じりの、恐怖。

唾《つば》を飲み込み、叫びだしたくなるのを堪える。

本当は、このまま警察に任せてしまいたい。だけど、ほかに事件があったと言っても、それが彼女の性質から分かったなんて信じてもらえるはずがない。

ため息をこぼしたくなるのを堪え、尋ねる。

「……何か、ほかに視《み》えた？」

「山、が」

そこまで言って、少し考えてから、くのりがさっきの万年筆を持ち上げた。

ほぼ部室を私有化しているだけとはいえ、腐っても美術部員。銀色の筆先がノートの上にさらさらと動き、山間《やまあい》に揺れる影と地形を描出した。藍《あい》色のインクが描いたそのカタチに、僕は二度ほど瞬きした。

「この場所って……」

「学校の、裏山ね。いつも美術室に来る前の廊下から見上げている、でしょう？」

にこりともせず、くのりが口にした。

そのまま、踵を返して歩き出す。

「どこに？」

「会いに行く、のよ」

当然とばかりに、くのりはきっぱりと言った。

「だって、死者が私を待ってるん、だもの」

三

「——檻杖さんは、嘘つきよ」

同じようなことを指摘されたのは、小学生のときだった。

確か、やっぱり夏だったと思う。

ああ、そうだ。

僕もくのりも、小学六年生だった。

確か、くのりが学校で倒れたのだったか。今回と同じように、授業中になにがしかの幻視をした彼女が保健室に運ばれたのである。

どうしたのかと問い詰められたくのりが、自分の性質について具体的にどう説明したのかは知らない。ただ、興味を示したクラスメイトの何人かが、彼女の案内に従って、幻視した場所までついていくことになった。

しかし、くのりが案内した地点には、何もなかったのだ。

結果として狂言にまどわされたクラスメイトたちは大変憤慨して、嘘つき魔女の異名をなおさら強固にしたものだ。もっとも、その評判をくのり自身が気にしているかというと、そもそも認識してるのかすらわからないぐらいに、彼女は変わらないままだった。クラスでほかのグループと打ち解けることもなく、よく窓の外を見つめていたくのりの、光を弾《はじ》くような髪の色を覚えている。

（……たとえ）

たとえ、彼女の身体の分かりにくい場所に、殴られた痣が残っていたとしても。

だとしても、僕にとって大事なことではない。時々浮かんでくる記憶が、ちくちくと棘《とげ》のように、鈍い痛みを惹起《じゃっき》するくらいだ。

そして、怒りのおさまらなかったひとりは、くのりと親しく見える僕にもつっかかってきて、さきほどの言葉を告げたのである。

まあ、僕の返事は変わらない。

「そうだと思うよ」

はたして、四年後の放課後と同じように、答えたのだった。

＊

裏山までは二十分ほどだった。

夏だから太陽が落ち切らずに粘っていたが、ほかの季節なら真っ暗だろう。朱色に染まった山の中で、僕とくのりはゆっくり山道を登っていた。鬱蒼《うっそう》と茂った樹木にも、ひとつずつ名前があるのだろうが、僕にはよく分からない。かろうじて、ヒノキとコナラだっけかな……とか名前が浮かぶ程度だ。小学生の理科ではあれこれ習った気がするのだけど、いまや遠い記憶の彼方である。

　山道の途中で、とある石段と行き当たった。

　さほど長くはなく、上ったところに、ところどころ朱色の剝げた鳥居が鎮座していた。こぢんまりとした神社であった。

　境内には櫓《やぐら》が組まれていて、勇ましい太鼓の音が響き渡っては、薄暗くなりつつある夕映えへと消えていく。

　さきほど、校庭で聞こえた音もこれだろう。この季節は、一週間ほど祭りを執り行う。といっても本祭までは、屋台もほんのいくつか並んでいるだけで、さほどの賑《にぎ》やかさはなかった。埃にまみれた電灯と、懐旧をかきたてる安っぽい焼きそばの匂《にお》い、どこか寂しげな本殿の佇まいが、胸の奥に刺さった。

「くのりが視たのはここ？」

「……違う」

　と、くのりがかぶりを振った。

　否定しつつも、彼女は境内を静かに歩いて行く。

　和服を着ていれば、この景色によく馴染《なじ》んだだろう。といっても、セーラー服とロングが不似合いなわけでもない。ゆっくりと薄れていく夕映えの中で、彼女が纏《まと》う黒は夜の先触れにも見えた。

本殿の前で、ふと僕が足を止めた。

賽銭箱《さいせんばこ》の隅の方に、数本の蠟燭《ろうそく》が立ててある。風に揺れるその不安定な光に照らされて、ヒトガタに切り抜いた紙の束が置いてあったのだ。

僕がその紙を注視しているのに気づいてか、

「祈願用の、形代《かたしろ》、ね」

と、くのりが言った。

「なんだそれ」

「ヒトガタの奉書紙に名前と年齢を書いて、祭りの終わりに川に流す、のよ。人の身についた厄や穢《けが》れを、水に、流す。見たこと、ない？」

「僕はないな」

安芸には偉そうに言ったが、この田舎について詳しいわけではない。

ただ、浮かんだイメージは幻想的だった。ここに置かれた何十ものヒトガタが、列をなして水面を流れていく光景。なるほど、昔の人々はそれを夏祭りの掉尾《とうび》を飾るにふさわしいと思っただろう。

「ここの神社は水神、だもの。闇御津羽神《くらみつはのかみ》。伊弉諾尊《いざなぎのみこと》が、自分の息子である軻遇突智命《かぐつちのみこと》を斬《き》り殺した際に、こぼれた血から生まれた神様」

　イザナギという名前はなんとなく覚えていた。といっても、もちろん神話の勉強などしたことないので、ゲームでのことだ。だいたいのゲームでは強力なパラメータを振られていたので、まあ偉い神様なのだろうとか、ひどくいい加減に納得する。

「なんで、伊弉諾尊《いざなぎのみこと》はそんなことしたの？」

「軻遇突智命《かぐつちのみこと》は炎の、神様。出産のときに、母である伊弉冉《いざなみ》の女陰《ほと》を焼いて、殺してしまった、から」

　頰《ほお》を赤らめることもせず、さらりとくのりは言う。

「生まれは、死を伴う、から。伊弉冉は、死を産んだ、のよ」

　なんだか、納得できる言葉ではあった。

　でなければ、この地上は人が埋め尽くしていただろう。新たに生まれることは死を伴う。現代ですら苦痛抜きの出産は稀《まれ》なのだから、かつてはなおさらだろう。

　神社の境内から、ゆるりと視線を彷徨《さまよ》わせ、少女はまた足を進めた。

「こっち」

　さらに山の奥の方へと、くのりの背中が遠ざかっていく。

　足取りに追いついていくのに、いささかの疲労を伴った。たいした距離を歩いているわけでもないが、なにしろ目的地も分からずくのりについていってるだけなので、妙にしんどい。山に特有の、湿った空気も息苦しい。

さきほどまで聞こえていた太鼓の音も、だんだん遠くなっていった。

立ち並ぶ樹木のひとつずつが異様にねじくれ、樹皮は瘤《こぶ》めいてごつごつしている。一本一本、誰かが見下ろしているかのような錯覚さえ感じた。僕なんかよりずっと長く生きている樹木たちは、この山にあって、確かに息づいているようだ。街が人の世界であるのと同様に、ここは彼らの世界なのだろう。

途中で、くのりが山道を外れた。

獣道というか、道無き道へと踏み出し、こちらが止める間もなくあれよあれよと逸《そ》れていったあげくに、十分ほどして立ち止まったのである。

これといって変哲もない、中腹の景色に思えた。

ほかより、樹木がまばらに思えるが、精々それぐらいだ。代わりに、涼しい響きが耳に伝わった。

(……川?)

さきほどの川の上流にあたるのだろう。それなりの水音が聞こえていたのである。

「ここ?」

「多分」

と、くのりは答えた。

眼差《まなざ》しは、樹木の根元に据えている。

これで地面を掘り返した跡でもあれば、ヤクザに埋められたとかドラマティックな展開も想像できるのだけど、そうした名残は見つからなかった。僕もしげしげと観察してみたが、目に入るものは夕映えに枝葉を広げた樹木と、泥混じりの土と、たまにその上を這いずっている虫ばかりだ。

「くのり？」

「……ない、わね」

目を細めて、長い髪の少女はかぶりを振った。

その横顔に、また僕は学校でのことを思い返していた。

嘘つきくのり。小学校の頃も、何度も言われていたことだ。自分がその被害に遭ったことも一度や二度ではない。今回がその繰り返しだったとしても不思議はないだろう。徒労感を覚えないわけではないが、それとて今更である。

また、ゆっくりと彼女が歩きだす。

今度は、短かった。

ほんの数十メートルほどで、樹木の間から、別のものが姿を現したのだ。

こちらの背丈より少し高いぐらいの、あちこちが赤錆《あかさ》びて、ずんぐりした影だった。

「これって」

「……物置？」

もはやいつ倒壊してもおかしくないぐらいに傾き、老朽化した物置である。

恐れげもなくくのりがその扉に手をかけて、二、三度押し引きしてから、薄く眉をひそめた。

「鍵《かぎ》が、かかってる」

おそらく、もとは山の掃除などに使われていたのではないだろうか。

小学校の頃、時々ボランティアの授業で駆り出されたのを覚えている。そのとき、掃除用具を入れるため、あちこちにこんな物置があるのを教えられたものだった。しかし、放置されていた期間の長さゆえか、赤茶色に錆びついたトタンの外壁がひどく不気味な雰囲気を漂わせていた。

そっ、とくのりの指がその壁を這った。

しなだれかかるように肢体が続き、彼女の赤い舌が、錆びた壁を這いずった。

「――憎かった」

がらり、と声音が変わったのだ。

うつむいたくのりの表情は、影になっていた。ただでさえ日がほとんど落ちて視界の奪われた中で、顔の分からぬ彼女の声だけが、樹木の狭間《はざま》に響いていった。

「憎くて、ざらざらして、見ているだけで痛快だった。こいつがいなくなるだけで、何もかもが救われると思った。あたしから奪ったんだから、こいつはその倍も奪われて当然なんだって」

暗い炎を、想起した。

川での憑依が被害者の心情ならば、今のそれは加害者のものか。

死体と殺人者。

夏のさなかだというのに、ぶるりと身が震えた。たとえば、それは熱病の兆《きざ》しに、ふるりと背中を撫でられるのに似ている。ある意味刹那《せつな》的といってもいいほどの、強烈な感情に僕はあてられていた。

「奪った……って何を？」

問いかけたときだった。

少女の足ががくんと崩れ、白い膝《ひざ》を土に汚して、座り込んだのだ。

どうやら、憑依が終わったらしかった。

「くのり」

「わた、し」

こちらと手をつなぎ、かろうじて立ち上がったところで。

がさり、と物音がした。

自分でもくのりでもない。坂下から、新たな気配が歩いてきたのだ。くのりの豹変《ひょうへん》に気を取られすぎて、周囲の観察を忘れていた。

「っ――――！」

心臓が止まるかと思った。

懐中電灯の光が、こちらの足元を照らしあげたのだ。

「ん、誰？」

その声に、覚えがあった。

「……日下、先生」

懐中電灯の光とともに、自分たちの担任教師が、きょとんと目を見開いていた。

＊

「あらま。薊くんに檻杖さん」

のんきな声が、光とともにかけられたのである。

ショートカットの下で瞬きしたくりくりした目が、なんだかひどく眩《まばゆ》くて、ほっとするものに思えた。思わず力が抜けるのを感じながら、尋ねてしまっていた。

「なんで、先生がここに？」

「いや、それ神社の物置だから、ちょっと私物を」

と、さきほどまで僕たちが注目していた物置を指差したのだ。

「ほら？　私、昔この神社で巫女《みこ》さんやってたから」

「は」

小首を傾《かし》げた先生の言葉に、間抜けな声が出てしまった。

「日下先生が、巫女さん？」

「うん。そこの神主の娘だもの」

などと、先生はにっこり言ってのけたものである。

無論、初耳だ。というか、てっきり日下先生は都会の出身だと思っていた。顔にそんな感想が出ていたのか、先生は自分のこめかみのあたりをついて苦笑した。

「んー、意気揚々と都会に出ていったんだけど、あれこれ面倒くさくて、戻ってきちゃったのよね」

「ああ、それで……」

先生が田舎にわざわざやってきた理由が分からなかったが、突然こんなところで発覚するとは。

「で、君たちはなんでこんなとこに？　デートに来るようなとこじゃないわよね？　祭りにでも来て道に迷った？」

「いえ、その……」

話を逸らそうとしたところで、くのりが顔を上げた。

「今、私物と言いました、か」

「ん、まあ」

相槌《あいづち》を打った先生に、彼女はこう問いかけたのである。

「先生、この物置の中身は、なんです、か？」

「………」

沈黙が落ちた。

もはや夜闇《よやみ》に没した山で、それはいっそ耳に痛いほどだった。硬直した先生とくのりが向かいあったままで、どちらも次の句を発しようとはしなかった。

改めて、僕が訊く。

「先生、この物置の中身はなんですか？」

「……えっと、まあ、その」

僕の質問に、日下先生はやはり言葉を濁らせた。

ぐっと唾を飲み込み、にこやかな表情でひらひらと手を振る。

「いやいや、大したものじゃないから。ほら、もう暗くなったから帰ろうか？　危ないから先生が送るよ？」

「それでも、確認させてもらっていいですか」

「私物ですよ薊くん。そんなに先生のプライベートに興味があるわけ？　ははは、アンモラルな話題にならない内に、さっさとお暇《いとま》しましょう？」

ぺらぺらと舌を回して、先生が語りかけてくる。

そんな相手に、僕は唇を引き結びつつ、ほんの少しだけ強い口調で言った。このあたりはバランスだ。相手が折れやすく、かつ意固地にならない程度の――髪のセットで、ほんの少しだけ見てほしい部分を強調するような加減。

「お願いしても、駄目ですか？」

「……そんなに、見たいわけ？」

こちらの強硬な態度が意外だったのか、先生はしばらく懇願するようにちらちらと窺《うかが》っていたが、それでも意思が翻《ひるがえ》らないと見ると、大きく息をついた。

「……ああ、いつかこんな日が来るとは思っていたけれど」

神様に謝るような、その言葉。

「すみません」

「……分かったよ」

と、先生が承諾した。

のろのろした、油の切れたロボットさながらの仕草で振り返り、ポケットから取り出した鍵を扉の穴に差し込む。

「これだよ」

物置を、開く。

先生の持っていた懐中電灯の光が差し込み、内側の闇を露《あら》わにした。

まるで死体みたいにうずくまった器具は、雑誌か何かで見た形をしていた。

つまり、腹筋を何度も曲げたり伸ばしたりするためのローラーであり、はたまた怪しげな電極のついたベルトであり、くるまって発汗を促すための寝袋であり、ダンベルやエアーマット、果ては小型のランニングマシンといった類《たぐい》も雑然と——というか、はっきりいってぐちゃぐちゃに置かれていた。

「……ええと、つまり」

僕が言葉に詰まっていると、くのりがことりと首を傾げた。

「ひょっとして……ダイエット用の、器具？」

「いやその、だって、思ったより大きくて家に置けなかったし。かといって、学校の物置を公然と使うわけにはいかなかったし！　でもほら、私物は禁止の立場だから、こう、神社の物置が一番いいかなって！」

ほとんど悲鳴のように、先生が告白する。

ひしっと両手を合わせて、

「秘密ね！　秘密だからね！」

頼み込む姿からは、威厳が消失どころかマイナス域に突入している。

「ううう、赴任で戻ってきてから、ずっと乙女の秘密にしてたのに！」

呆《あき》れた気分の僕はがりがりと後頭部を掻《か》いて、くのりの方を窺ったが、彼女はいつもどおりの無表情のままだった。

ちら、と物置の奥も窺う。

その背後には、何もなかった。

――『檻杖さんは、嘘つきよ』
何度も繰り返された言葉が、脳裏で揺曳《ようえい》した。

四

翌日の昼過ぎからは、空に重く雲が垂れ込めていた。

灰色の、たっぷりと水分を孕《はら》んだ雲だ。古い黒板にチョークが削られる音も、どこかしら柔らかい。禿《は》げた数学教師の眠たげな授業も、なおさらにくどく、ぼんやりと感じられた。対してホームルームの日下先生は、秘密が露呈したせいか居心地悪そうにしていたが、まあそれぐらいは甘受してもらおう。

放課後になって、さっと教室を見回してから教科書とノートをまとめていたところで、

「薊くん」

と、安芸に呼ばれた。

「ごめん、ちょっと用事があって」

さっと鞄《かばん》に入れて、足早に僕は教室を離れた。

どうしても済まさなければならないことがあった。それも、なるべく早く、手際よく処理してしまう必要がある。でなければ、気づかれてしまうかもしれない。

外靴に履き替えて、校舎を出て、すぐに裏山へと向かった。

躊躇《ちゅうちょ》せず、樹木の間へと踏み込む。

昨日は妙に長く感じたが、一度歩いてしまうと、さほどには感じられない。目的地が定まっているからだろう。

神社を経由せずに、直接山道を上っていき、途中で外れる。

すぐ、足が止まった。

山道を外れてすぐの場所に、彼女が佇《たたず》んでいたからだ。

「……ああ」

と、声が漏れてしまう。

多分、誤魔化せないだろうと思っていたが、彼女はそこでずいぶん早くから待ってい

たらしかった。そういえば授業の途中で見かけなくなっていたが、さっさと早退していたのだろう。僕の小賢《こざか》しい動きはとうに見抜かれていたらしい。

樹木の間を吹く風に、長い髪が揺れていた。

たった一日前に触れていた髪なのに、その黒ぐろとした色合いに惹《ひ》かれてしまった。

こちらを真《ま》っ直《す》ぐに見つめる少女の視線に耐えられず、後頭部を掻きつつ、

「やあ」

と、頭を下げる。

「嘘《うそ》つき」

と、くのりは無表情のままで呟《つぶや》いた。

*

「嘘つき」

そう言ったくのりに、僕は少しだけ口元を緩めた。

まったくもって、その通りだったからだ。

「わかってた、のよね？　私が間違えてた、こと」

当然、わかっていた。

もう少しの間くらいは、騙せると思っていたのだけど。

「…………」

枝葉の間から、空を見上げる。今にも雨になりそうだ。夏の雨寸前の蒸し蒸しした空気で、汗が止まらない。なのに、くのりだけは涼しげで、ただひとりどこか遠くの国に座しているようだ。

そんな妄想をしまいこみつつ、もう少しだけ粘ってみる。

「何のことかな？　僕は昨日のが気になったから、念のため確認しておきたくなっただけなんだけど」

「ふうん」

小さく、くのりが喉を鳴らす。

目を細めて、やじろべえみたいに首を揺らして、

「また、嘘」

と、断言した。

されてしまった。

「最初から、分かってたん、でしょう？　髪を切ってたとき、よね？　でなかったら、私の髪を切ってて、拓海が指を止めるはずない、もの」

そう言って、とどめになる一言を続ける。

「あなた、私と川で泳いだことなんて、なかった、のね？」

——『昔、拓海と泳いでいたときも、足が攣《つ》って大変だったわ、ね』

散髪していたときの、あの言葉。

やっぱり、気づかれてしまったか。

「……あちゃあ」

諦《あきら》めて、うなずいた。

そこまで辿《たど》り着かれてしまったなら、仕方ない。

粘れるだけ粘ってしらばっくれるつもりだったが、方針転換を決意する。ただ嘘が露呈したのが、自分の鋏《はさみ》の不手際のせいだというのは、散髪屋の息子としていささか未熟すぎて情けない。

「君が視たのは……だ」

「やっぱり」

掠《かす》れてしまった言葉の真意まで伝わったらしく、素直にくのりはうなずいた。

それから、こちらの表情を窺って言う。

「信頼できない語り手の、つもり？」

確か、ミステリーで頻出する用語だった。

いわゆる叙述トリック——たとえば一人称の小説であれば、語り手が男と思わせておいて女だったとか、そういう類の手法を指す言葉だったはずだ。もともとくのりは読書家で、暇があれば何かしらの書籍を開いているから、なんとはなしに門前の小僧をやっている僕も、単語の意味だけ覚えてしまったのだけど。

「別に、そんなつもりじゃないよ。嘘をついたことは謝るけど、ただ、そうだな……」

居心地が悪くて、そっぽを向く。

「僕なりに、魔女を推理していただけだよ」

「ふうん」

無表情に、くのりは僕を見つめる。

「じゃあ、この事件の正体も、分かって、る？」

「……形代」

祭りの最後に流す人の身代わりの名を、僕は口にした。

くのりは、少しだけ目を細めた。

「だったらいいわ。ついてきて」

それ以上問い詰めることもせず、先に歩き出す。

もちろん、僕が向かおうとしていたのも同じ方角である。一緒に湿った土を踏み、頭の位置に突き出した枝を払っていくと、少ししたところで目標地点に辿り着いた。

昨日の物置であった。

扉が、開いていた。

「これは、拓海？」

「うん。先生の鍵を拝借して、朝の内に開けておいた」

申し訳ないとは思うが、昨夜の先生はおおよそ隙《すき》だらけだったので、鍵ひとつこっそり借り受けるチャンスはいくらでもあった。一緒に帰る際、ちょっと坂道でよろけたふりをして、ポケットから取り出したものである。

なお、改めて閉める必要はなかったので、もう鍵は先生の机に戻してある。日下先生の楽観性だと、あ、机の上に置いてたっけ、で終わりだろう。

用心深く半身になって、物置の内側へ入り込む。

その奥から、

「……どうして」

と、嗄《しわが》れた声が発したのだ。

薄闇に、その相手は潜り込んでいた。まるで太陽を怖がる吸血鬼みたいだった。

「朝の内に、靴箱に手紙をいれたのは僕だから」

と、返す。

そう、彼女は、僕の手紙によって誘われたのだ。この物置が開いていることと、事件についての示唆《しさ》を含んだ文で、至極当然にこの場へやってくることとなった。

くのりと同じセーラー服で、物置の壁近くにしゃがみこんだ犯人に、僕はなるべくゆっくりと話しかけた。

「ですよね、豊巻さん」

五

くのりが豊巻さんの鞄を盗んだと、安芸が怒っていたのが始まりだった。

美術室で髪を切った帰りのことである。僕にしてみれば、またかと眉《まゆ》をひそめる程度の出来事ではあったが、おおよそその時点で、ひとつのサイクルが完成していたのだ。もっとも、その事実と事件とが僕の中で結びついたのは、日下先生が物置に現れた後のことだったのだけど。

「豊巻ゆかりさん」

もう一度名を呼ぶと、かすかに彼女の肩が震えた。

やはり、一応見知った顔だ、という程度の印象しか僕にはなかった。三つ編みが一部ほどけているのは、多分ここに来る途中で、灌木《かんぼく》の枝か何かにひっかけたのだろう。丁寧にほどく余裕もないくらい、彼女にとって僕の手紙は重大事で、見過ごせない事柄だったのだ。

「来てくれてよかったです。久城川で出た死体について、あなたに訊きたいと思っていたから」

「何のこと、薊くん？　檻杖さんまで一緒で」

声は上ずっていた。

無理もない。ドラマで見るような、鉄面皮の犯人を期待するのはおかしい。

それでも、彼女は精一杯の虚勢で、こんな風に言った。

「久城川で誰か溺《おぼ》れたって話は聞いたけど、あたしは何にも関係ないし。だいたいその時間、あたしは家で勉強してたのよ。親だって知ってるわ」

「はい。その事件は多分単なる事故だと思います。ひょっとしたら、僕も気づいてない裏があるかもしれませんが、今回豊巻さんに尋ねたいこととは違います」

肯定して、僕は肝心の質問を打ち明けたのだ。

「豊巻さんに尋ねたいのは、あなたが四年前に殺したクラスメイトの事件です」

豊巻さんの息が止まった。

四年前。

くのりと僕が、小学六年生だった頃。まだ僕がこの田舎にいた頃。

久城川で溺死《できし》体《たい》があがった、もうひとつの事件。

「なに、馬鹿《ばか》なこと言ってるの？　あたしが殺したって一体なんのこと？」

「そこからか。正直、説明するのは面倒くさいのだけど」

小さくため息をついて、僕は一応考えていた言葉の続きを口にする。

「四年前、あの川で犠牲になったのは、僕やくのりと同じ学年の子だ。当時は単なる事故として扱われていたし、僕も同じように思っていたけれど、その真実は違う。だからこそ、君はこの場にやってきたんだろう」

「やっぱり、何を言ってるかわからないわ。あたしはただ、変な手紙が靴箱に入ってたから来ただけなんだもん。悪戯《いたずら》ならやめてくれない？」

相当頑張ってか、赤らんだ顔を誤魔化して、少女が鼻を鳴らす。

僕は、かすかに目を細めてから、

「ちょっと失礼」

と、豊巻さんの隣へ歩み寄ったのだ。

すぐ隣に、目当ての品は置いてあった。

「な、何?!」

「この鞄だね。くのりが間違えて持って帰りかけたのは」

安芸が話していたこと。

くのりが、他人の鞄を自分のものだと混同して、持って帰ろうとしたという。

どうして、混同したのか。

いや、理由はとっくに分かっている。そんなありえない記憶を持つ原因なんて、ひとつしかないだろう。

つまりそれは、僕が髪を切る以前、おそらくは誤って豊巻さんの鞄に触れた時、くのりは死者の記憶に同調してしまっていたからだ。

「これは西野《にしの》歌苗《かなえ》——四年前に溺れた犠牲者が、昔使ってた鞄だろう？」

小さく、豊巻さんが呼吸を止める。

「だ、だから何よ。これは歌苗が溺れて死んだ後、ご両親からあたしがもらったのよ！　だいたい、どうしてあたしが歌苗を殺す必要があるのよ！」

「決まってる、わ」

その言葉に、豊巻さんが振り向いた。

くのりである。

これまで黙っていた彼女が、初めて口を開いたのだ。

「そんなの、あなた、言ってたじゃ、ない」

と、くのりが囁《ささや》く。

カチリ、とスイッチが入った音を聞いたような気がした。

ありえない音。彼女の内側でだけ意味を成す動作音。揃《そろ》えたくなかった条件が、揃ってしまった証拠。

ああ、だからここに至る前に終わらせてしまいたかったのに。

「あのクソ女。あたしの彼を横取りしやがって。さっさと死ねばいい」

どきりとするほどえげつない、今までのくのりからは考えがたいほどに痛烈な台詞《せりふ》が、その唇から溢《あふ》れでたのである。

だが、その言葉は、想像とはまったく違う反応をもたらした。

「——聞いていたの！」

と、少女が目を見開いたのである。

硬直したままの相手へ、くのりはさらに言い募った。

「あたしが、先に彼を見つけたんだ。あたしが先に告白したんだ。なのに、ちょっと助けてもらったからって、歌苗が付き合い出すなんてありえない！　ああ、こんなやつがのうのうと自慢しているのがおかしいんだ。あたしが正しい。あたしは間違ってない」

「お、檻杖、檻杖さん！」

泡を食って、豊巻さんが言う。

「なんで、そんな——！」

「そうだ。歌苗だって少しぐらい痛い目を見るべきだ。……学校は駄目だ。ほかの生徒に目をつけられる。そうだ、お祭りもあるから裏山に呼び出そう。神社のすぐ近くに物置があったはずだ。あそこなら誰の目にもつかないだろう」

口調も抑揚も言葉遣いも、何ひとつくのりのものではない。怯《おび》えとともに見上げた豊巻さんが、かつての現場での自分を観察していたのだと誤解するのも当然だろう。

もちろん、真実は違う。

共感能力者《エンパス》。

魔女。

そのように呼ばれてきた、彼女の体質ゆえだ。まるで悪魔に憑《つ》かれたかのように、彼女は死に共鳴してしまう。あるいは、死を選んだ伊弉冉《いざなみ》のように、激しい炎にも似た告白を産み続けてしまう。

だから、くのりは一瞬も黙らない。

代わりに、遠い日を再現して、意地悪く唇が歪《ゆが》む。

「ああ、遅いよ歌苗。こんなにあたしを待たせるなんて。え、ここ？　うん、あたしの秘密基地なんだ。歌苗にだけは教えてあげようと思って。ほら、入って入って。え、なんで閉めるのかって？　黙れ！　黙れこの泥棒猫！」

しばらく、口汚い言葉が続いた。

「いい気味だ。最高だ。やっと静かになった。いや怖い。こんなの信じられない。どうしてぴくりとも動かない？　どうしたの歌苗？　なんで黙ってるの？　なんとか言いなさいよ言えってばふざけないで！　ちょっと蹴《け》っただけでしょう！」

（……失神したのか）

過呼吸に陥った相手の首や胸などに衝撃を加えた場合、脳が酸素不足になって気絶するという。いわゆる失神ゲームなどの要領である。

いっそ、もっと豊巻さんが苛烈《かれつ》なイジメに慣れていれば、それが単なる気絶だと分かっただろう。しかし、残念ながら、そうはいかなかった。

「埋めてしまおう。いやダメだ。あたしひとりでそんな土なんか掘っていられない。あたしは何ひとつ悪くない。死んでしまえ死んでしまえ死んでしまえいやとっくに死んでしまっているんだから……ああそうだ、いい手を思いついた。形代だ」

不意に出てきた言葉に、やはり、と僕は納得した。

「彼に助けられたのがそんなに嬉《うれ》しかったなら、もう一度同じことやればいい。あたしだって川までこいつを運ぶぐらいならできる。うん、そうだ。川に流してしまえば仕方ない。仕方ないんだ。歌苗は最初からあの川で溺れるのが運命だったんだ……！」

動かなくなった彼女を見て、怖くなったんだろう。死んだと誤解してもおかしくはない。そこから偽装工作に走ったのは、いかにも稚拙で、くだらなくて、しかし当時の彼女からは必然的な作業であった。

誰かと付き合うだとか付き合わないだとか、そんなことが人を傷つける理由になるのか、僕にはよく分からない。

幼い頃であれば、なおさらだ。無垢《むく》な心は無垢なまま、理不尽な衝動で人を傷つける。だが、同時に、年齢を重ねて当時の無垢が失われてしまえば、自らの成した罪の重さはその魂にのしかかる。

耐えられなくなった彼女が、僕の手紙に誘われ、この物置を確認してしまったように。僕は周囲を見回し、物置の奥でぐちゃぐちゃに置かれていた器具の中から、とある品を拾い出した。

豊巻さんが、呻《うめ》くように言う。

「そ、れ……なんで……」

魔女の推理として、僕はこの事件の正体を形代と答えた。人の罪も厄も背負って、川に流される呪物《じゅぶつ》であると。

その意味は、つまり。

「西野さんの死体——といっても多分生きてたんだけど——を川で流すのに使ったのはこの浮き輪だね」

多分、日下先生の私物である。

この浮き輪を使って、形代のように犠牲者を流したのだ。

多分、豊巻さん本人も川を泳いで、それについていったのだろう。普段自分たちが泳いでいるあたりまで流して、初めて浮き輪を奪い去った。結果として、気絶したままの西野歌苗はそのまま死ぬこととなった。

「こんなものが証拠になるかどうかなんて分からない。まあ多分ならないかな。それでも、怖くなった君はさっさと始末するはずだった。おおよそ事件のほとぼりが冷めた頃に、こっそり処分するはずだったんだろう。だけど、当時赴任してきたばかりの日下先生が鍵をかけてしまった」

それは、ちょうど同じ頃だったのだ。

先生が物置を私的に独占したのは、豊巻さんにとっても予想外だった。

対して、日下先生も犯罪の痕跡《こんせき》なんかには気づかなかった。まあ先生にしてみても、自分の学生時代の浮き輪が犯罪に使われたなどとは、夢にも思うまい。

「結果として、証拠を始末できなくなった君は、ひどく焦《あせ》った。それでも数年するうちに忘れかかっていたんだろう。……たまたま、同じ川で、溺れ死にが出る最近までは」

「…………」

それが、ふたつの事故の経緯。

くのりは最初、今回の事故と四年前の事件とを間違えていたのだ。

「ついでにいえば、四年前にくのりが幻視について言い出した時も、豊巻さんがくのりとクラスメイトたちを誘導して、現場に到達しないようにしたんだね」

同時期のあの事件も、豊巻さんによるものだったのだ。

小学六年生の時。

くのりが嘘つきだと指弾されたもうひとつの事件。街まで行かなければ他の学校なんてないのだから、同じ学年に豊巻さんがいたのは必然だろう。

当時の豊巻さんがくのりの霊感を信じていたかはともかくとして、自分の手を汚した事故現場に他人が来て欲しくないのは当たり前だ。

だから、彼女はクラスメイトを別の場所に誘導し、くのりの幻視を狂言だと貶《おとし》めた。

――『檻杖さんは、嘘つきよ』

はたして、四年前の発言も豊巻さんによるものだったかどうか。

僕は、すでに覚えていない。

あの頃から、何度も似たことを言われていたからだ。かつてなら畏《おそ》れられ、敬われただろうかの血統は、現代において非現実と軽んじられ、嘘つきと蔑《さげす》まれるしかない。

血統。

そう、かつて、久城にはそんな血を引いた一族がいたのだ。あるいは山姥《やまんば》と呼ばれ、あるいは鬼女と呼ばれるような人々が。

魔女《エンパス》の、血族が。

ふわり、とくのりが笑う。

「そうだ。鞄なんかもういらないよね。前から気になってたんだ。あたしがもらっていってあげる。ちゃんとご両親にも話しておくから。歌苗ちゃんの形見にしたいんだって言ったら、きっと喜んでくれるよね」

「やめて！」

ついに、豊巻さんが叫んだ。

「やめて、やめて、やめてってば――！」

凄絶《せいぜつ》な表情で、少女が訴える。

そんな言葉は届かない。すでにトランス状態に入ったくのりは、壊れたレコーダーのように、過去の彼女を再現するばかりだ。

「あたしを真似《まね》しないで！　あたしを奪わないで！　あたしを曝《さら》け出さないで！」

絶叫とともに、豊巻さんがくのりに摑《つか》み掛かる。

初めて、くのりが豊巻さんを見つめ、嘲《あざけ》るように唇を持ち上げた。

「何この女？　あたしを真似しないであたしはここにいるのに！　あんたはあたしじゃ

ない。勝手にあたしを語らないで！　やめて死んでやめてやめて死んでやめてやめてやめてやめて！」

「やめて！　やめてやめてやめて！」

くのりの言葉と、少女が同調《シンクロ》する。

「やめ――」

ふつり、と糸が切れたようだった。

くのりの胸元をつかんでいた豊巻さんが、倒れ伏したのだ。異様な状況に精神が耐えきれなかったのだろう。それも当然と思われるだけの、くのりの憑依《ひょうい》であった。

同時に、くのりの言葉も終わっていた。

壊れたレコーダーみたいにうつろな目をしていたくのりが、やがてほうと熱い吐息をこぼして、深々と頭を下げた。

「……ありがとう」

うっとりと蕩《とろ》けた目つきで、気絶したままの豊巻さんの頬に触れる。

まるで、極上の料理を味わった客が、犠牲になった家畜に礼を言うような残酷さと――吐き気を催すような美しさが、その表情には秘められていた。

洗礼者ヨハネの生首を所望した妖女サロメのごとく。

あるいは、四年越しに友人と巡り合った、無垢な童女のごとく。

邪悪さと可憐《かれん》さとを同時に孕んだ、その微笑。

「美味《おい》しかった、わ」

そのまま、倒れた少女へ、くのりはそうっと顔を近づけた。

赤い舌が、気絶した少女の汚れた頬を舐める。蛇みたいにちろちろと動いてから、くのりの唇に吸い込まれた。

「……あなたの産んだ死は、ザクロみたいな、味だった」

優しく、彼女の耳元で囁いたのであった。

六

翌週の放課後、僕たちは美術室にいた。

もうすぐ期末テストということで、ほとんどの生徒たちはとっくに帰宅してしまっている。校舎もグラウンドも、夕焼けの色に微睡《まどろ》んでいるようだ。

それでも、くのりの髪だけはきっぱりと黒かった。

つい一週間前切りそろえたばかりなので、今日は軽くセットしているだけだ。櫛《くし》を入れて整えながら、ふと僕は口を開いた。

「豊巻さん、転校したんだってね」

日下先生が、今朝のホームルームで話していたのだ。

実際のところ、転校というのが嘘で彼女が自首したのか、それとも本当に逃げてしまったのかは分からない。僕にとってはどうでもいいことだ。別に、罪を償わせたかったわけじゃない。

ただ、あれから一度も学校に来なかったのだけは本当だった。

「ふうん」

興味なさげに呟いて、くのりは窓の外を見つめている。

足元の鞄に触れて、そっと付け足す。

「あれ、やっぱり、私の記憶じゃなかった、のね」

くのりの、もうひとつの間違い。

つまり、僕は、くのりと一緒に川で泳いだことなんてない。足を攣って溺れた彼女も、それを助けた男子も、くのりの思い出ではない。

「被害者になった、西野歌苗さんの記憶だろう」

鞄を取り違えたときから、ふたつの記憶は混じり合っていた。

だから、髪を切っている最中、一瞬戸惑ったのだ。いくら僕が薄情者でも、くのりと川で泳いだなんて異常事態があったなら忘れているはずもない。

「黙っていて、怒ったかい？」

「ううん」

くのりが、至極小さくかぶりを振る。

「ただ、ちょっと素敵な気持ちだった、だけ。誰かと思い出話ができるなんて、夢みたいだった、から」

「それは悪かったね」

いつもと同じく、僕は返す。他人が聞いたら、そんなどうでもよさそうな口ぶりはないだろうと、怒るかもしれない。

「西野さんってどんな子だったか覚えてる？」

「あんまり。地味な子だったかな。髪型はセミショートだったと思う」

朧《おぼろ》な印象を探りつつ、僕は櫛を動かす。

「ただ、亡《な》くなった後、しばらくクラスが沈んでいた。密《ひそ》かに人気のある子だったんじゃないかな」

だから、誰かが形代《かたしろ》に彼女の名前を書いたかもしれないと、ぼんやり思った。

亡くなった彼女を悼《いた》み、形代に名前を書いて、あの川に流したのかもしれないと。

「その子の記憶ね。うん、甘酸《あまず》っぱくて、さくらんぼみたいで美味しかった」

と、くのりが微笑する。

哀《かな》しげに見えたなら、まだ良かったのに。

長い髪を押さえ、こちらを向いたまま、目を細める。

くのりは嘘つきだ。本人にもどうしようもなく、嘘つきでしかいられない。だって、彼女の中にはくのり《ほんとう》以外のものがありすぎる。

「だから、食べさせたくなかったのだけど」

「おなかがすくのだもの」

共感体質《エンパス》。それは、能力ではなく、体質であり性質なのだ。

吸血鬼が血に餓《う》えるように、檻杖の魔女は他人の記憶に餓える。

摂取せずにいられない。

「おなかが、すく、の」

もう一度言って、くのりは胸の下を押さえた。

「とてもとても、それは辛《つら》くて、ひもじくて、耐えられない、の」

しみいるような声だった。少女の声帯などよりも、もっとずっと奥底から湧《わ》き出ているような響き。遠い時間の彼方《かなた》からどよもしているようにさえ思えた。地域の昔話に、山姥などと記された女性の嘆き。悲鳴。

「でも、食べれば、食べただけ、変わっていく、わ。人の体は、食べたものでできあがる、でしょう？　私も、それと、同じ」

何を食べたかは、どんな人かと同じことだ。

彼女たちが食べた感情も記憶も、彼女たち自身を変えてしまう。

つまり彼女は、他人の記憶を再現するほど、その記憶と自分の記憶とが混ざり合ってしまうのだ。

「安芸さんは、いいわ、ね。自分が入れ替わってしまう、相手を、選ぶことができたの、だもの」

ひどく羨《うらや》ましそうに、くのりが言う。

前回の、安芸の事件のことだ。魔女となった安芸は、自分の親友に共感して、親友そのものの人格となってしまった。

ならば、真正の魔女であるくのりの場合は——

「……きっと、私も母さんのように、なる」

と、彼女は呟いた。

母さんのように。

それは、久城の魔女のように、と同じ意味だ。

「たくさんの記憶に触れて、たくさんの言葉と混じって、自分のことが分からなく、なる。あなたのことも、きっと分からなく、なる」

それは予想じゃなくて確信。

必ず、いつか訪れる破滅。かつての魔女《エンパス》たちが最後に迎えた結果。

とっくに知っていることだから、僕は何も言わない。

もっとも、くのりが「僕が知っていること」を覚えているかは分からない。たどたどしい独特の口調が、自分の人格が他人とすりかわってないか、いちいち確認しているからだというのも、昔のままなのか分からない。

嘘つきくのり。

彼女はいつも通り背中を向けたまま、徐々に濃くなっていく夕焼けの色に身をひたしつつ、囁く。

「だから、あなたは、私を、忘れないで」

血を吐くごとき、恐ろしくも甘い声音。

黄昏《たそがれ》に、くのりの髪が揺れている。

僕が切りそろえ、僕が整えた髪が、アカイロに揺蕩《たゆた》っている。


「私は、あなたを離さない、から」

それは、まるで誓《のろ》いのような言葉だった。

第三話

魔女の教会

（瑞季《みずき》を、瑞季を、守らなきゃ）

それだけが、彼の脳を占めていた。

ぐつぐつと焦《こ》げ付きそうなぐらい、頭蓋骨《ずがいこつ》の内側で煮えたぎっている。必死に山を走る自分の体勢も、もはや彼は意識していない。あらいだ呼吸も、悲鳴をあげる内臓もすべて無視。ただただただ、ひとつの想《おも》いだけが、彼を突き動かしていた。

（俺が、瑞季を、守らなきゃ）

ただ、それだけ。

山である。

繁茂した地面を蹴《け》り、下り坂を半ば転がりながら、彼はただ妹の姿を思っている。だから、徐々に姿勢を歪《ゆが》ませている疲労にも気づかない。片足を庇《かば》いながらの足取りは、一歩ごとに無残な破綻《はたん》へと近づいていく。

滑った。

木の葉を踏んだ足裏が、体重を受け止めきれずに流れる。

あとは一瞬。

一気に坂を滑落しつつ、低い位置に張り出した枝に、体を切り裂かれる。鋭い熱が何箇所も走り、坂下に根を張った樹木と激突して、トドメの衝撃が背中から胸を貫いた。

けふ、と熱い吐息がこぼれた。

それでもなお、痛みと熱さの違いも分からぬまま立ち上がる。

浮かされるように首をあげて、ひたすらに肉体を動かした。

（俺が、守るんだから）

ぽっかりと、丸い月が見えた。

雲が動いている。

早い。

どんどんと形を変えつつ、向こう側へと押しやられていく。

ついに立ち止まってしまったのは、森の向こう、白々と落ちる光の下に……ああ、いつもの教会が見えたからであった。

もうすぐだ。

もうすぐ、妹と会える。

二人で逃げ出せばいい。後のことはそれから考えよう。今はとにかく、少しでも早くここから離れるべきなのだ。勇気と力を取り戻した足が、今度は一歩ずつ、確かに地面を踏みしめていく。いまにも溢《あふ》れかえりそうな喜びを押し込め、彼は森の出口へと近づいていく。

そして。

黒い服に身を包んだ妹が、待っていた。

一

「……魔法使いに分からないことなんて、ないんだよ」

　丸いテーブルを挟んで、父が柔らかく笑った。

　植物園である。

　父にとっては自慢の園で、ビニールハウスの内側には幾多の花が植わっていた。私には詳しい種類までは分からないが、昔、一日でがらりと色が変わっていて驚いたことがある。あれはそういう花だったのか、父の緑の指によるものか、それとも大掛かりな悪《いた》戯《ずら》だったのか、いまだに謎《なぞ》のままだ。

　今日は紫の薔薇《ばら》の花束が、テーブルの上に飾られている。

　ゆるく湯気を立てる紅茶の近くで、とん、とん、と父の指先がテーブルの端を叩《たた》いている。

　眠くなりそうな、一定のリズムだった。

「なあ、くのり」

と、また父が呼びかける。

ちら、と薔薇に視線をやりつつ、続ける。

「歴史の流れの中で、花はより美しくあれと品種改良されてきた。同様に、牛や豚、犬や猫も人に沿うように、掛け合わされてきた。私たち、魔法使いもまたそうしたものだよ。そう思わないかな？」

「……閑也《しずや》さん。魔法を仕掛けるのは、やめてくだ、さい」

至極真面目《まじめ》に、私は告げた。

今、父が仕掛けようとしていたのは、紛《まが》うことなく魔法だった。

つまりは、単調に机を叩く音で相手の催眠状態を誘発し、言葉によって思考を導き、紫の花というシンボルによって無意識に箍《たが》をかけ、己の都合の良いように認識を操ろうという術式である。

今のはお遊びのようなものだが、やりようによっては十分深刻な結果をもたらせる。人間の認識なんて不確かなもので、その不確かさを振り子みたいに揺らしていけば、生まれてから培《つちか》ってきた常識《おもいこみ》なんて簡単に破壊することができよう。

いわゆる、カルトの洗脳術にも使われる技法だ。

「はは、ついね」

悪びれず、父はテーブルを叩いていた指先を止める。

まったくもって、ろくでもない。たとえ娘相手であっても、こういう悪戯を仕掛けるのをやめられないのが、私の父——檻杖閑也《おりづえしずや》という男だった。だからこそ、母と結婚する気にもなったのだろうが、生んでくれてありがとうと言えるほど、楽しい人生は送れていない。

一瞬、鋏《はさみ》の音が聞こえた気がした。

私の人生で一番余分な音。

「でもね、今言ったことは本当さ。魔法使いに、分からないことなんてない」

もう一度、父が言う。

長い指が、アール・ヌーヴォーのガラス瓶に触れた。薔薇を一輪取って、ティーカップの近くに添える。紅茶と花が互いに入り混じったその香りに、父が瞼《まぶた》を閉じた。

「なぜなら、私たちは最初に答えを得ている。一足飛びに答えそのものをだ。とりわけ、くのり、君はそういう生き物だ。呼吸をするのと同じに、君の舌は答えを味わう。だから、もしも私たちが分からないとしたら、それは誰かが嘘《うそ》を混じらせたからだ」

嘘が、混じる。

たとえば、それは紅茶と薔薇の香りが混じるように。

「誰がどんな嘘をついているか。畢竟《ひっきょう》、私たちが考えるのはそれだけなのだと、くのり、よく覚えておきなさい」

いつもの口癖を言って、父はくしゃりと表情をゆがめた。

「私は、君を助けてやれないからね」

言い訳にも似て、しかしそれだけは血を吐くほどの真実なのだと、私は知っている。

夏の光に、目を細める。

花々の間で、斜めに差し込む光は戸惑っているように見えた。この季節を、この植物園で何度迎えただろう。父も私も、ずっと同じ夏に留まっている錯覚がよぎった。父流に言えば、そういう錯覚も妖精《ようせい》のいたずらだよ、ということになるだろう。

だから、かもしれない。

そんな錯覚を、今日は振り切りたくなってしまって。

「閑也さん」

と、呼びかけていた。

「今回の事件もそうだ、と仰《おっしゃ》りたい、んですか」

――少し、時間は遡《さかのぼ》ることとなる。

二

夏休みになって、私のまわりは少しだけ静かになった。

まともに学校に通うようになってから、私の感性からすれば異様な頻度で人と出会う。彼らの声はあまりにも煩《うるさ》く、時には脳を蟻《あり》が蠢《うごめ》いているのではと思うほどで、ひとりきりになる時間をやっと得られた私は、ほっと息をついているのだった。

「だったら、呼び出さなくてよさそうなものだけど」

「拓海《たくみ》を離す気、ない、から」

何度言えば、分かるのだろう。

それでも、ちょっと視線を外せば、あっという間に消えてしまいそうだった。

ギラギラと降り落ちる陽光の下、いかにも面倒臭そうについてくるこの少年が、私は憎らしくて仕方がない。

あちこちに、陽炎《かげろう》が立つほどの暑さだった。

久城市の夏は厳しく、冬はたっぷりと雪が積もる。おおよそ人間の耐久度に挑戦し続けるような気候なのだが、私はもう慣れてしまっていた。

景気の良い蟬《せみ》の声を聞いていると、不意に声がかかった。

「麦わら帽子、買ったの？」

今日のために用意した品。制服は変わらないけれど、それぐらいは夏気分でもいいだろうと思ったから。

「似合わ、ない？」

「ううん」

「良かった」

いけない。

つい、語尾が弾んでしまったように思う。反省。

だいたい、そういう気分でいられるような道程でもなかった。

「ここであった事件は、もう聞いてる、んでしょう」

「一応ね」

拓海が相槌《あいづち》を打って、こう続ける。

「犬が咬《か》み殺したんだったよね」

「重体、よ」

物騒な言葉に、私が訂正を加える。

つい数日前の出来事。すでに警察が調査しており、事件性はないものとして、市の動物管理センターが請け負うことになったのだが、残念ながら動きは鈍い。

仮にもひとりの人間が重体となった以上、都会ならば即座に対策チームが組まれるのだろうが、田舎の市役所ではまだしばらくかかりそうなのだった。何しろ、もともと人間が足りていないのである。

だから、あまりに時代錯誤という気もするが、こうした問題は名士であった父の元に持ち込まれてくる。もちろん、まともな経路とは言い難いが、田舎ではいまだにこういう解決法が機能しているということだ。……少なくとも、檻杖の近くでは。

「だから閑也さんに、頼んで、名代ということにして、もらったの」

「お父さんか」

小さく、拓海がため息をつく。わざわざ私から父親に申し出たのが何故《なぜ》かなんて、彼にしてみれば考えるまでもなかったからだろう。

長い道で、陽炎がいまだに揺れている。

ゆらゆらと、私たちが視線をやるたび、泡のように震えて。——クラムボンはかぷかぷわらったよ、なんて意味のない引用が、脳裏を過ぎていった。

——それならなぜクラムボンはわらったの。

——知らない。

蟹《かに》の子供が戯《たわむ》れる幻想も、暑さのせいだったろうか。

道の奥は、山の入り口となっており、黒い森が広がっている。

その森の手前に、対照的に白い建物が浮かび上がっていた。

教会である。

こんな田舎に建てられるのだから、さほど立派な施設ではない。ただ、主《あるじ》の心ばえを示すものか、よく清掃されていて、入り口には木の葉一枚落ちておらず、礼拝堂のステンドグラスは磨き抜かれていた。

「犬の教会、なんて言われている、そうね」

実際、教会のそこかしこに犬がいた。

あるいは大きなあくびとともに寝そべって、あるいは探検とばかりにせわしなく説教壇《だん》や長椅子《ながいす》の間をうろちょろして、気ままに暮らしている様子であった。さきほど、よく清掃されていると感じたのは、これだけの犬がいながら、これといった汚れが見当たらないからでもあった。

よほど、上手《うま》く躾《しつけ》がされているのだろう。

微睡《まどろ》んでいる犬を起こさぬように、少しだけ足音に気をつかっていると、拓海がどこかで仕入れたらしき受け売りを口にする。

「確か隠れ切支丹《きりしたん》は昔、犬を飼っていたんだっけ」

「そうみたい、ね。キリスト教と犬って、あまり似合わない、けれど」

「そうなの？」

きょとんと拓海が振り返りかけたところで、床に影が差した。

「こんにちは」

声をかけてきたのは、頭巾《ずきん》をかぶった、黒衣の女性。

つまり、シスターなのであった。

意外なのは、私たちと同じ年頃の少女であったことだ。義務教育の年齢は過ぎているようだが、こんなに若いシスターが近くの町の教会で務めているとは思ってなかったもので、つい瞬《まばた》きしてしまった。

挨拶《あいさつ》すべく、麦わら帽子を取ったところで、もうひとつのことに気づいた。

「目が」

率直に口にした私に、シスターが小さく笑う。

「ええ、そうなのよ」

と、焦点が合いきらない瞳《ひとみ》を向けた。指先が長い睫毛《まつげ》に触れても、瞳は朧《おぼろ》なまま変化しなかった。

「まったく見えないというわけじゃないんですけど、かろうじて光がぼんやり識別できるだけ。だから、ここの神父さまにいろいろ教えてもらっているの」

「白杖《はくじょう》はつかないんですね」

こちらもわりと遠慮のない拓海の質問に、シスターがうなずく。

「この子たちが、私の目の代わりだから」

シスターの手が腰のあたりに下げられると、三頭の犬が足元へ寄り添ったのだ。

いわゆる盲導犬らしい。

しかし、これだけ立派な体格の犬が、三頭も揃《そろ》うのは珍しいだろう。それぞれの体高がシスターの腰ほどもあり、彼女が埋まってしまいそうだ。

とりわけ、黒い犬はよく懐《なつ》いているようで、盲導犬用のハーネスをつけられていた。

「風丸《かぜまる》」

と、シスターが黒犬の名を呼んだ。

それから、茶色の犬と白混じりの犬に、

「陸丸《りくまる》、雷丸《あずままる》」

と呼びかけながら、それぞれの頭を、シスターの手が撫《な》でる。

「古風な名だね」

「おばあさまがつけたから」

と、彼女は懐かしそうに言った。

三頭の犬は、いずれも同じ犬種のようだが、毛並みと色は違っていた。

黒い犬が風丸。

茶色が陸丸。

白混じりの茶色が雷丸、ということらしい。

そして、

「天音《あまね》。天国の音と書いて、天音《あまね》瑞季《みずき》、と申します」

少しズレて差し出された手を、私は握った。

「檻杖、くのり、です。父の名代で、参り、ました。一緒に、来たのは、薊《あざみ》拓海。私の友人、です」

「ああ、檻杖さんのことは伺っております」

そう言ってから、シスターはこちらの方を眺めた。

ほとんど見えないという瞳に、私はどんな風に映っているだろう。それこそ、ぷかぷかと浮かぶ海月《くらげ》のようなものだろうか。

それから、少しだけ不思議そうに首を傾《かし》げた。

「地元の名士というのは、こういうことにも顔を出されるものなのですか」

もちろん、檻杖の魔女なんて、若い人が知っているわけではあるまい。

私にしてみれば、都合のよい場所で事件が起きたから、食事にやってきたというだけなのだが、そんな非常識かつ超自然的な理由を口にできるわけもない。

「そんな感じ、です」

曖昧《あいまい》に言って、ありがたく頭を下げた。

＊

事故のあらましは、単純だ。

つい数日前、この教会の近くで、犬に襲われた者が出たのだった。

問題は、それがちょっと嚙《か》まれただけなんてことではなく、命にかかわる重態だったということだ。現在も被害者は集中治療室に入ったままで、生死の境をさまよっている。

神父は説明や協力のため、警察に出頭しているらしい。

「犬の教会なんて呼ばれていることも、不安を煽《あお》ったのでしょうね」

シスターは穏やかに言うが、実際人死にが出かけたとなれば冗談ごとでない。少し前まで和やかに思えた教会の光景も、突然ホラー映画じみた色合いを帯びる。

もちろん、こんなのは人間の勝手だ。

犬たちは変わらない。ただ見るものの価値観が変わるだけ。勝手に期待して、勝手に幻滅して。……私たちだけが、いつも空回っている。

あちこちから、蟬の合唱が聞こえた。

教会の裏山だった。

今、シスターは、三頭の犬とともに、躊躇《ちゅうちょ》なく歩を進めている。

鬱蒼《うっそう》と茂った森の中で、ろくに地ならしもされていない山道なのだが、十分慣れているらしい。先導しているのがハーネスをつけられた風丸で、右と左後ろを陸丸と雷丸が固めている。そこそこ急な角度の坂なのに、口調にも足取りにもよどみがなく、万年運動不足の私なんかより、よほど健康に見える。

「ここで、襲われていたんです」

う、と拓海が一瞬呼吸を止めた。

黒ずんだ地面が、いかにも生々しく私たちを迎えたからだ。警察が調査したためか、近くにはロープなどを張り巡らせたらしき形跡も残っていたが、それらもすでに撤去されている。

（……ああ）

唐突な飢餓を感じた。

私の内側から溢れ出す、どうしようもない本能《あさましさ》。

こうなってしまえば、我慢がきかない。私の乏しい理性なんて、濡《ぬ》れた紙のようにあっけなく千切れていく。

「大丈夫ですか。顔色がよくないですが」

私の異状を感じたのか、シスターが声をかけた。

だけど、そんな気遣いもみるみるうちに遠ざかっていく。口元を押さえているのは吐き気を堪《こら》えているように見えるかもだが、実際はたっぷりとたまった唾《つば》をこぼさずにいるだけで精一杯なのだった。

「すみません。僕がくのりの様子を見ているので、天音さんは先に戻っていてもらってもいいですか」

「……でしたら」

拓海の気遣いで、少し迷った後、犬たちとともにシスターが坂を下りていった。

気配が十分遠ざかるのを待ちきれず、私はたまらずに手をついた。

汚れた土をひとすくい、指先に乗せる。

「くのり」

「そこにいて、ね」

言って、土を口に含んだ。

どっ、と舌から苦味がつきあげた。

それはすぐさま、得体のしれぬ痛みとなり、えぐみを伴う臭《にお》いとなり、私の内側を食い荒らす。単なる味覚情報は、私の脳で円となり、さまざまな色に輝く三次元の立体となり、私の神経を突き刺す魔性の棘《とげ》となった。カタチを得た味覚が、血管も内臓もつんざいて、私はその場から動けなくなってしまう。

きっと、檻杖を名乗ってきた魔女は、すべてこのように壊れた。

こうやって死を食べて、こうやって死に魅入られて……こうやって満足して、死んでいくのだ。

まるで泡のように、浮かび上がる景色があった。

「やめろやめろやめろやめろ！」

唇から、上ずった声が溢れる。

そのほとんどを、私は意識していない。ただ堪えきれずに、吐き出しているだけ。こみあがってくるものを、そのまま再生《リフレイン》するだけの器。

「来るな！　寄るな！」

真っ黒な恐怖が、私の身内をひたひたと埋め尽くしていく。

生臭い息を感じた。少し遅れて、肉を裂かれる痛みがふくらはぎを襲った。噛まれたのだろう、と漠然と思う。がくりと膝《ひざ》をつくと、鼻孔を刺激する生臭さがより濃くなった。はっは、と犬の荒い呼吸音が聞こえる。そうだ、犬だ。私は犬に囲まれている。

痛みが、足からのぼってくる。

倒れた私を、野犬が貪《むさぼ》っている。

足を噛まれ、腕を噛まれ、致命的な場所へと這《は》い登ってくる。肌に伝わる生温《ぬる》い感触は血管のどこかが食いちぎられたのだろう。ぞくぞくと身体《からだ》が冷えていく。興奮と恐怖がそれぞれに脳内物質を撒《ま》き散らしていても、なお拭《ぬぐ》い難く、冷気が体の芯《しん》を捉《とら》えていく。

頭に、激痛。

あえぐように、喉《のど》が震えた。

「お前……まさか……?!」

それが、再演の最後だった。

稲妻に打たれたかのように、私の感覚が現実の裏山に戻ってきたのは、そこで被害者の意識が途絶えたためだろう。

下腹部に、満たされた実感があった。

死の味わいだけが、私を唯一《ゆいいつ》飢えから逃れさせてくれる。誰かがこの場で死に瀕《ひん》したという事実のみが、この心を満たしてくれる。

ほう、と息をつく。

不快な感覚も、まだ五体を痺《しび》れさせる痛みの残滓《ざんし》も、これには代えられない。

「拓海？」

きょとん、と私は首を傾げた。

少年が、ひどく難しい顔で、こちらを見下ろしていた。

「私、何を言って、た？」

「…………」

少しの間、拓海は黙っていた。

手を伸ばして、こちらを立たせて、

「……シスターに聞いてみよう」

そう言って、坂道を下りていったのであった。

戻ってすぐ、シスターは祭壇のあたりで待っていた。三頭の犬も仲良く連れ添い、足元でじゃれている。これほどの犬が三頭もいれば、人ひとりの命を奪うぐらいはたやすいことだろう。

数秒犬たちに目をやってから、拓海が頭を下げた。

「ありがとうございます」

「いいえ、くのりさんは大丈夫でしたか」

「……はい」

これは、私がうなずく。

実際、あれの最中の痛みや不快感は、ほとんど夢のようなもので、坂道を下りる間には雲散霧消していた。

「父には、よく伝えておき、ます」

一応名代として来ているので、最低限の挨拶をしておく。もちろん、実際に伝えておくことなど特にないわけだが。

すると、拓海はこんな質問を持ちかけた。

「ところで、セイランという名をご存知ですか」

「天音青藍《せいらん》でしたら、兄の名ですね。ずいぶん前に失踪《しっそう》していますが」

きっぱりと、シスターが告げた。

私は眉《まゆ》をひそめ、拓海はわずかに息を詰めた。

「失踪？」

「この子たちも、もともとは兄が躾けていたんです」

三頭の犬の頭を、シスターの手が優しく撫でる。

「ですが、兄はこの教会での生活には不満があったようです。ある日、神父様と私あての手紙をおいて、あっけなく姿を消しました。そういえば、あれも夏のことでしたね。神父様が読み上げてくださったのに、蟬の鳴き声が交じっていたのを覚えています」

蟬の声。

今も、裏山から聞こえてくる、この季節の旋律。

「それが、何か？」

「いえ」

あっさりと引いて、拓海は頭を下げた。

「大変ですが、頑張ってください」

「大丈夫です。いつだって、誰かが見守ってくれてるって、そう思っていますから」

胸元の十字架に触れて、シスターは返したのであった。

＊

教会を離れると、再び太陽の光が私たちを照らしつけた。

ぎらぎらと、もはや陽炎も許さぬとばかりの熱量が、地面を焦がしつけている。これでもかと盛り上がった入道雲といい、ついため息をつきたくなるような眩《まぶ》しい空だ。

その途中で、先行する彼に尋ねた。

「私、青藍なんて名前を、言ってた、の？」

「最後に。……まさか、セイランって」

なるほど、それでは事故という前提が覆《くつがえ》ってしまう。

あの場に誰かがいたのなら、それは故意の事件であったか……いくらか穏便に考えても、その場にいた誰かが被害者の危機を見過ごしたということだ。

歩をゆるめて、拓海が私の隣に並ぶ。

「どうかした？」

言いながら、拓海がこちらの頭へ右手をあげた。

私の麦わら帽子を取って、かぶりなおさせる。どうもずれていたらしい。ついでに、土がついていたのも払ってくれた。ちょっとだけ、猫にでもなったような気持ちになる。

本当に、そうだったら良かったのに。

「あのシスター。神が見守ってくださる、じゃなくて、誰かと言った、から」

「誰かが、見守ってくれている……」

拓海も、その言葉を繰り返した。

夏の光に目を細めて、呟《つぶや》く。

「もしも、兄が帰ってきたとしたら？」

「被害者は、教会の地主の岩敷耕一郎《いわじきこういちろう》、よ。父の話だと、教会を手放したがっていたみたい、ね」

ふたつを結びつけると、とても単純な結論が出てくるように思える。拙速に飛びつくわけにはいかないが、無視するには目立ちすぎるつながり。

しかし、だからといって。

「くのりは気にならないの？」

「別に、事件を解決するのが目的じゃない、し」

私の目的は、単に死を食べるだけ。

瀕死だとしても、今回のそれは良い味わいだった。父にお願いをしてまで出かけてきただけの甲斐《かい》は、十分にあったというものだろう。ひょっとすると、後で何かしら父に質問されて、結果として警察なりなんなりに影響があるかもしれないが、私の知ったことではない。

ただ、それでもひとつだけ気になることはあった。

一度だけ、道を振り返った。

「くのり？」

「あのシスター」

と、私は口にした。

盲目の少女と、寄り添った犬の姿が、まだ瞼《まぶた》の裏に残っていた。夏の光で、フィルムみたいに焼き付いたのかもしれなかった。

「私と同じ、においが、する」

「同じ？」

私の言う意味を、拓海はすぐに理解したらしく、かすかに目を見開いた。

それは、たとえばかつての安芸《あき》遥香《はるか》と同じような。

数ヶ月前、ほんの一時だけ、彼女がなりおおせていた——

「——魔女の、におい」

遠く、犬の吼《ほ》える声が聞こえた気がした。

三

――彼は、見ていた。

教会から見下ろす裏山の陰で、じっと観察していた。

ちょうど妹が、訪問客を教会の玄関先で見送ったところである。

突然現れた奴《やつ》らによって、その胸がどれほど苛《さいな》まれたか。考えただけで、彼の腹わたは煮えくり返った。

だが、その場で奴らを詰問《きつもん》するのは堪えた。

（瑞季は、望まない）

それぐらいは分かっている。

今会えば、迷惑がかかるだろう。だからこそ、この前だって、妹に出会う寸前で思いとどまったのだ。

自分は会ってはならない。

ただ、守るだけだ。

深く、浅く、呼吸を繰り返す。

ゆっくりと気持ちが落ち着いていくのを感じた。

正しい行動を取るべきだ。正しい復讐《ふくしゅう》をなすべきだ。そのために、自分はこの土地に戻ってきたのだから。

妹を取り巻く犬たちが、低く声をあげた。

その鼻に嗅《か》ぎつけられる前に、彼はそっと身を翻《ひるがえ》した。

四

夏休みの学生がひまかというと、意見の分かれるところだろう。

私の場合は、いつもと変わらない。

もともと学校にも行ったり行かなかったり。気が向いたら、拓海を捕まえに行く程度である。なお、休み中の拓海のスケジュールはおおよそ入手済みだ。この手の情報は、拓海の姉である薊逸花《いつか》から収集しているのだが、鈍感な少年はおそらくまだ気づいていまい。

「……バカ」

泡を吐くみたいに、小さく呟く。

どのことについて言ってるのかは、自分でも分からないけれど。

すると、まったく別の方向から、声がかかったのである。

「どうかしたかね？」

丸いテーブルの向こうで、父が尋ねたのだった。

手元に、美しい紫の薔薇が咲いている。薔薇だけではなく、さまざまな花の香りが空間にたゆたっていた。

植物園である。

「娘がかまってくれなくて、お父さん寂しいなあ」

うっすらとした髭《ひげ》を撫でて、実にみっともなく、父が唇を尖《とが》らせる。

風通しのよい麻のジャケット。洒落《しゃれ》たカメオのループタイに、すっきりと形の美しいセンタープレスのスラックス。外見だけなら、品の良い紳士然とした父だが、時々こうして大人とは思えない拗《す》ね方をする。

実際、今日もそんな父に誘われて、自慢の植物園にやってきたのだった。

「もう少し、体裁をわきまえたら、いかが、ですか」

「父親の心理も分かってほしい。いつだって可愛《かわい》い我が子の横顔を見たいし、声を聞きたいと思っているものさ」

「たいていの娘は、父親の気持ちとか、知りたくない、ものでは」

「おっと、実に傷つく正論だ」

おどけて、父がジャケットの肩をすくめる。

「そういえば、教会はどうだったのかな？」

「良い味わい、でした」

「だろうね」

「だろう？」

「昨夜、事件の被害者が、治療の甲斐なく死んだらしくてね」

（……ああ）

やはり、あの味は死であったか。

助かるものの味と、そうでないものの味わいは違う。私が裏山で疑似体験したそれは、後者の側であった。

親子の会話と言うには物騒だろうが、これが私たちにとっての日常だ。ずっと、これ以外を知らない関係性。父が探してきた死を私が飲み込み、幾多の方法で追体験してきた年月。だったら、私は何度も父に殺されたことになるのだろうか。

娘を殺し続ける父は、何を思ってきたのだろうか。

「そういえば、教会には拓海くんを連れて行ってたんだね」

不意に、悪戯っぽい視線で、父が質問してきた。

つとめて無視していようとすると、父は食い下がってきた。

「拓海くんについては何かないのかな？　この二、三ヶ月ほどで、ようやくまた話せるようになったんだろう？」

「どうでも、ありません」

少しばかり、怒りを視線に込める。

情けなく父が両手をあげて降参のポーズを取ったところで、ひとつ息をついた。

手持ち無沙汰《ぶさた》になってしまって、自分の髪を触る。彼が整えた髪。彼のいない四年間、ほかの誰にも触れさせたくなかった髪。

「……閑也さんは、どう、思う？」

尋ねられた父は困ったように、それと同じだけ嬉《うれ》しそうに、唇をほころばせる。

「いつだって僕の娘は美しいよ。だけど、ここしばらくはとりわけ素晴らしい。そのまま育ってくれれば、と願ってやまない」

「お世辞はいいんだ、けど」

「残念ながら、僕が君を評価するのに、別のものさしを持っていないんだ」

堂々と、恥ずかしくてたまらないことを言ってのける。それこそ、拓海にこの十分の一ぐらい厚顔さがあったらと、思わないでもない。

「仕方ない、わね」

「仕方ないさ」

私も父も、多分こうにしかなれない。

良いことも悪いことも、そのまま引き受けるしかない。植物園に咲き誇っている花々と同じように、それでダメなときは摘まれるだけだ。

足踏みするように、話題をひとつ戻す。

「教会で、拓海が、私が変なことを、言ってたって」

「ほう。変なこと？」

「シスターの、兄の名前を言った、そうです。……まさか、青藍って」

「なるほど、そいつは話が違うな」

すぐ、父も状況を察したらしかった。

事故だと判断されたから、今回警察は動いていない。しかし、その場に別の人間がいたとなると、まったく別の可能性が頭をもたげてくる。つまるところ、事故に見せかけた殺人事件の発生だ。

「それに、シスター、が」

「ん、あそこのシスターがどうかしたかな」

「魔女の、においが、しました」

「……なるほど」

一瞬だけ間をおいて、父がうなずいた。

「魔女。うん、魔女か。あそこの土地柄ならありえるかもしれない。檻杖は血が濃くて出やすい家系だけれど、薄まった血でも先祖返りのような人間は生まれるだろう」

　薄まった血。

　この閉塞《へいそく》した田舎で、徐々に滅失してきて、それでも残ったもの。どうしようもなく残ってしまったもの。

　続く推論は、父の方から口にした。

「もしも、シスターの兄が同じような性質を持っていたら？　ヨーロッパの原義に添えば、男の魔女もありなわけだ。犬の躾をしたのが、もともと兄だというのなら、同じように躾けた犬で、人を襲わせるぐらいはできるかもしれない。魔女の使い魔として、犬はかなりポピュラーな部類だからね」

　日本語への翻訳の際、魔女とあてられてしまったが、元来のくくりであれば男性も入る。どちらかといえば、巫女《みこ》など神がかりの要素が強い言葉なのだった。

「君の言いたいのは、そういうことじゃないかな。くのり」

「……そうでしょう、か」

「自信がない？」

　それも、本当だ。

　私は、とても宙ぶらりんだ。

死を喰らう。死に飢えている。しかし、どんなつもりかと訊《き》かれたら、結局そんなのは生理的な反応に過ぎず、一切の意志がない。飼い主の手から餌《えさ》を食べようとする飼い犬の方が、よほど自分というものを持っているだろう。

海月みたいに、ぷかぷかと浮いているだけなのが、今の私だ。

「…………」

父は、そんな私をじっと見つめていた。

それから、

「……魔法使いに分からないことなんて、ないんだよ」

丸いテーブルを挟んで、父が柔らかく笑った。

＊

やはり、暑い一日だった。

夏の厳しい日差しに顔をしかめつつ、僕は隣町へ買い物に出ていた。

いつものように姉のおつかいである。散髪で使うシャンプーやクリームは、それなりにこだわりがあるらしく、町まで来ないと手に入らないものばかりだった。ならば姉が来れば良さそうなものだが、そこはいつもの横暴で終わりである。

足を止めたのは、ひとまず要望の品を揃えて、店を出たタイミングだった。

　工事中と掲示板の出された現場の前で、盲導犬らしき三頭が、困ったように飼い主を見上げていたのである。どうやら主人に移動を呼びかけているようだが、主人の側は町の変化に気がついていないらしい。

　仕方なく、声をかける。

「そこのビルなら、先週取り壊されましたよ」

「あ」

　振り返ったシスターは、もちろん天音瑞季だった。

「薊さんでしたっけ」

「拓海でいいです」

　僕の言葉に、シスターはもう一度現場の方を向いた。

「ここに、写真館があったんですよ」

「知ってます」

　と、僕はうなずいた。

　四年前、自分がこの土地を離れる前には、ビルの一階が小さな写真館だったのだ。

　瀟洒《しょうしゃ》な外観で、飾られた写真はつい立ち止まってしまうほど、印象的なものばかりだった。結婚式や生まれたての子供の写真といった定番から、夕暮れや学生たちの通学路などちょっとした町の風景を切り取るものが多かった。それでも、平凡と思わなかったのは、ごく当たり前のものに向けられた店主の視線が反映されていたためだろう。

「幼い頃はよく時間も忘れて、ずっと眺めていたんです」

そこまで言ってから、シスターが気づいたように付け足した。

「昔は、この目も、もっとはっきり見えていましたから」

「病気か、なにかですか」

この切り返しはデリカシーがないな、と思ったが、口にしてしまったものは仕方ない。

「遺伝的な病気と聞いてます。だんだん視力が落ちてきて、何もかも霞《かす》んできて。……ああ、だからこの子たちがずっと寄り添ってくれていたのは、心強かったです」

三頭の犬のそれぞれを、シスターの手が撫でた。

くすぐったそうにする黒の風丸、しっぽをばたばたと振り回す茶の陸丸、正式な盲導犬としては失格だがくるくる周囲を回り始めた白混じりの雷丸と、反応が割れたのはそれぞれの個性ということだろう。

しっかりした長男、要領の良い次男、甘えん坊の三男、といった位置づけにも思えた。そんな風に連想していくと、シスターも飼い主というより、一番年嵩《としかさ》の長女くらいに見えてくるから不思議だ。

「買い物ぐらいなら付き合いますよ」

「でしたら、甘えさせてください」

　ゆるりと、シスターが頭を下げた。変な遠慮をされるより、よほど気持ちがよく、こちらも手伝いやすい。

　その後、喫茶店に入ったのも、大した意味はなかった。

　お礼にお茶ぐらいどうか、と誘われただけだ。こちらも断る理由はなかったので、喫茶店は僕の方で選んだ。三頭の盲導犬は外でおとなしく待っていてくれるだろうが、せっかくなら一緒に入れる店の方がいいはずだ。

　ちょうど、昔父に教えられた喫茶が、十年一日のように営業していた。

　以前と違って、煙草《たばこ》を吸っている客が見当たらなくなったのは、それでも時間が流れているということだろう。セピア色に封じ込められた写真が、ゆっくりと周辺から劣化していくように。

　コーヒーと自家製ジンジャーエールを注文したところで、足元の犬が小さく鳴いた。

　黒い毛皮の、風丸だった。

　それで、シスターがはっとこちらを向いた。

「ひょっとして、ここ」

「後で言おうかと思ってたんですが……廃業した写真館とオーナーが同じなんです。だから、当時の写真のいくつかはここに飾ってあります。ほかの写真も保存されてると思いますよ」

と、僕はネタばらしをした。

色褪《あ》せた壁に掛けられた写真たちは、僕も子供の頃に見つめたものだった。

もちろん、シスターの瞳に映るべくもない。それでも、飼い犬が伝えた事実は、彼女の心に何がしかの変化を及ぼしたらしかった。

白い指で、彼女が目《め》尻《じり》を拭った。

「通学風景の写真はありますか」

「はい」

彼女の真後ろだった。

隣町ではなく、村の写真だった。田舎ゆえに小学校から高校までひとつの敷地でまかなわれており、通学風景にもさまざまな年の生徒が混在している。

飲み物が、運ばれてきた。

ジンジャーエールの泡が、飽きることなく水面へと上っていく。

流れる音楽はジャズだという以外は分からない。ブルー・トレインだとか、昔教わった気もしたが、記憶はかなり曖昧だ。店主の趣味らしく、写真がかかった壁には、古ぼけたレコードもたくさん並んでいた。黒い肌の男たちが一心にトランペットを吹くイラストが、遠い異国の在りし時間を閉じ込めていた。

コーヒーに砂糖をいれて、シスターが言う。

「私も、一度ここの写真に撮られたんです」

「じゃあ、やっぱり学校に通ってるとき？」

見たところ同世代なので、当然少し前まで学校に通っていたはずなのだが、このシスターから聞かされると不思議な心持ちがする。たくさんの犬に溢《あふ》れたあの教会で、ずっと昔から尼僧《にそう》服を着て佇《たたず》んでいたような、そんな益体《やくたい》もない想像をしてしまうのだった。

「ええ。写真屋さんなんて、もう少ないでしょう。だから、いろんな学校の写真をあの写真屋さんが扱っていた。知らない学校の、知らない風景を見るのが楽しかった」

　くるくると、銀色のスプーンが螺旋《らせん》状にまわる。

　一口飲み込んでから、少し苦かったのか、ミルクも足した。とてもゆっくりと指先で小さなミルクポットの位置を探して、同じぐらいゆっくりコーヒーカップの上で傾ける。分量については、ポットの重さで想像しているのだろうか。きっと、彼女が生きていくことは、目が見える僕たちよりも、ずっと丁寧にならざるを得ない。

　薄紙を、一枚ずつ重ねていくような生き方。

　もしかしたら、たった一吹きの風で飛ばされるかもしれなくても。

「あのときも……」

　シスターの声が、遠くなった。

　遠い風景。

もう、手の届かない時間。

互いに少しの間沈黙して、僕の方から尋ねた。

「見たかった写真があったんですか」

「ええ、でも、いいんです。こちらに写真があるなら、それだけで十分。私が見られるわけじゃないですから」

「特別な写真だったんですか」

つい気になって、深追いしてしまった。

だから、

「初恋の人の写真、になるのかもしれません」

意外な言葉に、瞬きする。

ふふ、とシスターは微笑した。

「すみません。つい思い出して、おかしなことを言ってしまいました」

残ったコーヒーを飲んで、立ち上がる。

テーブルの上に、紙幣が一枚。

主人の気配を察して近づいてきた犬たちが近づいてくる。連れ立った姿は、やはり犬と飼い主というよりも、仲の良い姉弟みたいだった。

「おかしなことついでに、ひとつ忠告をさせていただいてもいいですか」

「なんでしょう」

「檻杖さんには、もう会わないほうがいいです」

シスターの物言いがあまりに直截《ちょくせつ》かつ真面目《まじめ》だったので、大変申し訳ないが、噴き出しそうになってしまった。

「真剣な話なんですけど」

「いえ、僕もずっと前からそう思ってます」

「思ってるけれど、実行には移さない？」

「そこのところが、実は自分でも分かりません」

正直な気持ちを告白した。

なんとなく、そうしてしまう雰囲気が、このシスターにはあった。懺悔《ざんげ》を受けるのも仕事のうちだろうから、ある意味当然だったかもしれない。

僕の手前では、まだ半分残ったジンジャーエールが泡をつくっている。

「さようなら、拓海さん」

三頭の犬に導かれて、シスターの姿が喫茶の扉の向こうへと消えた。

間をおいて、僕も喫茶を出た。

夏の光に目を細めて、駅へと歩いていく。

この場合、偶然が続いたと考えるべきなのだろうか。それとも、ある種の必然と見るべきなのだろうか。

駅についたとき、もう一度僕は、意外な人物と出会うことになった。

＊

「閑也さん」

いくつかの言葉を交わした後、私はそう呼びかけていた。

「今回の事件もそうだ、と仰《おっしゃ》りたい、んですか」

「さて。妖精博士《フェアリイドクター》みたいなことをしていても、私は艦杖では婿《むこ》養子にすぎない。本物の魔法使いとは言い難いからね」

穏やかに話して、父はテーブルの上で絡《から》めていた指をほどく。

分かるような分からないような、曖昧な言葉を使いすぎだとは思う。それでも、私を気遣ってくれていることだけは伝わった。だから卑怯《ひきょう》だとも思ったし、父もきっと自分自身にそういう評価を下しているだろう。

「ああ、そうそう、もうひとつ」

と、人差し指をあげた。

「君のことだから、あの教会について、違和感を抱いたんじゃないかな？」

「隠れ切支丹、でし、たか」

思いついたことを、そのまま口にする。

拓海から、犬の教会と説明されたとき、最初にひっかかったのがそこだったからだ。

「犬は似合わないって思ったかい？」

「キリスト教は、あまり犬を、特別に扱いません、から」

意外かもしれないが、かの宗教に犬とまつわる伝承は極めて少ないのだ。人間を世界の中心に捉える宗教なので、その必要がなかったとも言えるだろう。

だから、人間にとって最も近しい生物である犬も、とりたてて重視されなかった。これがスペインなどなら、守護聖人にまつわる伝説もいくつかあるのだが、日本で取りざたされるような類《たぐい》ではない。

「うん。だから、それはカモフラージュだ」

穏やかに、父が言った。

偽装だと。

「もともと、あのあたりには……」

続けて話しかけたところで、ポケットに入れていたスマートフォンが震えた。父にうなずいてから、画面を見やって、私は軽く目を見開いた。

画面に表示された、意外な発信相手のためだった。

耳元にあてると、すぐ聞き慣れた声が届いたのである。

「もしもし、くのり」

「拓海？」

「今、どこにいる？」

「家、だけど？」

「そうか。これからそっちに行くよ」

いつもと変わらぬ口調だった。だからこそ、その異常を感じ取れた。そもそも、拓海の方からかけてくること自体が滅多に無い珍事である。

背後から、蟬《せみ》の声が聞こえた。

同時に、かすれているけれど、昼過ぎの村の放送。

そして、それらに隠れたもうひとつの音を、私の耳は聞き落とさなかった。

「拓海、どうしたの？」

「なんでもないよ。ちょっと待ってて」

それきりで、通話が切られた。

本当になんでもないなんて、まるで思えない。

（……すぐ、近く）

こちらに来ると言っていたのだから、間違いあるまい。村の放送の聞こえ方と、蟬の声からすれば、おそらくこの屋敷から下ったあたりだ。

「閑也、さん」

「行っておいで」

と、父がうなずいた。

それから、

「念のため、杖《つえ》を忘れないように」

優しい声を受けて、私は背を向けた。

玄関のそばで自転車に乗って、勢いよく飛び出す。私の脚力なんかはクラスでも下から数えた方が早いレベルだが、下り坂なら関係ない。

耳と鼻を、研ぎ澄ます。

この土地のことなら、私にはある程度感じ取れる。

たとえば、それは猟師のようなものだ。縄張りにした山の変化なら、ごく些《さ》細《さい》なものまで伝わってくる。

父に言わせれば、魔法使いは土地に根付くものだから、というところだろうか。

半ば無意識に、私はハンドルを切っていた。

脇道《わきみち》に入ったことも、まともに考えてのことではない。むしろ、意識的な思考を、可能な限り切り離していた。石油や地下水を探すのに使うダウジングの技法に近い。ほんのかすかなひっかかりや違和感を頼りに、自転車を漕《こ》いでいく。

駆け抜けた先には、傷《いた》んだ土塀が並んでいた。残念ながら、ずっと貧乏の続いているこの田舎では、十分な整備ができているわけではない。それこそ台風や地震の際には近づかないよう、警告がされるぐらいだった。

途中で、スマートフォンが震動した。

「来るな」

と、メールが届いたのだ。

「遅い、わよ」

ひとりごちて、顔をあげる。

私の鼻孔に、かすかな異臭が忍びいった。

実際に、それが臭いだったかどうかは分からない。機械のセンサーなどを使っても、一切普段の空気と変化がないと判別するだろう。ただ、私の感覚では臭いと表現するのが一番近かった。

「…………っ！」

息を、止める。

それは、魔法の臭いだ。

現代でもいまだ失われてはいない、私と同属のしるし。

漆塗りの万年筆を取り出す。

キャップを締めたまま、地面に線を刻む。コレクターが見れば、悲鳴をあげそうな光景だったが、もとより私にそういう趣味はない。

これは、魔法の杖だ。

正しく定めた杖によって刻んだカタチは、ある種の結界や魔法円となる。

物理的にはただの刻み目だとしても、私たちの精神には確かな影響を与えるからだ。スポーツ選手のルーティーンにも似ているだろう。バッターボックスに入る前、踵《かかと》でバットを蹴《け》るだとか、軽くステップを踏むだとか、そんな小さなマインドセットが、実際の成績に大きな影響を与えるのと同じ理屈。

（……ここは、聖域）

思い定める。

幸い、私はこの土地に馴染《なじ》んでいる。

この土地に生まれ、この土地で育ったのだから、私たちは同じものだと、刻んだ線によってくりつける。

ここは自分の城だと。たとえ、ただの妄想に過ぎないとしても、その妄想こそが魔法の源だ。おおよその魔法とは、外側ではなく、内側に向かって働くものなのだから。

そこから近づくほどに、臭いは濃くなっていった。

土塀の角を曲がったところで、人影が視界に入ったのである。

拓海と、もうひとり。

そして、あの電話から聞こえていた、もうひとつの音の発信源。

八頭ほどの犬が、ふたりを囲むようにして、低く唸《うな》りをあげていたのだ。

半分ほどが、新たにやってきた私の方を振り向く。

「くのり」

拓海の声が、焦《あせ》りを孕《はら》んでいた。

取り囲んだ犬たちは、いずれもぼたぼたと涎《よだれ》を垂らしていた。

（狂犬病？）

一瞬、その想像が浮かんだ。

日本には存在しないはずの病気だが、万が一噛《か》みつかれて感染した場合、致死率は極めて高い。

どの犬の目も、まともに焦点が合っていなかった。

地面を引っかきながら、犬たちは少しずつ周囲の輪を狭めてくる。

動けない。迂闊《うかつ》に指一本でも持ち上げれば、それをきっかけとして群れのすべてが襲ってくるに違いなかった。もしも思い描いた通りの病なら、たった一噛みだって死に直結しうる。

（ああ……）

じっとりと汗がにじむのを覚えた。

怖いのだろうか？

自分の感情が分からない。

呼吸が浅く、血流が速くなる。ずきずきと、こめかみのあたりを流れるのが痛いほどであった。

半ば、無意識に手が動く。

青空の下に、破裂するような音が響いた。

拍手《かしわで》、だった。

音には魔力が宿る。日本でも弓の弦《つる》を鳴らして魔性を追い払う鳴弦《めいげん》などは有名で、いまでもあちこちの神社に伝わっている。先んじて、この場を結界としていたのだから、なおさらその音は凜《りん》と空間に響き渡った。

変化は、すぐ生じた。

犬たちがそろって震え、何かの鎖から解き放たれたかのように散っていったのだ。

「拓海」

近寄った私に、拓海が困ったように頭をかく。

指先がびっしょりと汗で濡《ぬ》れていたのは、ここまで走ってきたためか。はたまた危地に陥ったゆえの冷や汗だったろうか。

「来るなって送ったろ」

「遅い、わよ」

文句を言うと、

「ごめん」

と、素直に少年が謝った。

「変なのに追われてる気がしてたんだけど……まさか、犬だとは」

明らかに、拓海たちを狙《ねら》っていた。

いくら田舎とはいえ、町中で起こりうる事態ではない。

「狂犬病かとも、思ったけど、違う、わね」

くくられていた、と思う。

つまりそれは、父や私が扱う魔法と同質のものだ。ある種の催眠術《メスメリズム》と言い換えてもいいかもしれない。かつては科学と同一だったものの、残滓。

「襲われた地主さんも、狂犬病だとは聞いてないからね。でも、逆に言うと」

「同じように、襲われ、た？」

「かもしれない」

ぞっとしたのか、拓海が自分の両肩のあたりを撫《な》でさすった。

何度か撫でてから、もうひとりへと顔を向ける。

「駅で会ったんだ。檻杖の家に行くつもりだって言うから」

それで、私に電話をいれたのか。

恐怖で喉《のど》をひきつらせていた、司祭服の中年男である。

つまり、神父だった。

「君が……檻杖……の……？」

かろうじて、それだけの言葉を、もつれる舌が紡《つむ》いだ。

途中で転んだのか、司祭服に泥がついていたが、ひとまず怪我《けが》はないらしい。

「はい。檻杖くのり、です」

「良かった……箸蔵圭吾《はしくらけいご》……と言います。檻杖の人なら……きっと助けてくれるって……拓海くんから……も」

いまだ呼吸が整わず、切れ切れの神父の言葉に、私は眉を寄せる。

「拓海。なに吹き込ん、だの？」

「いや別に？」

じろりと睨《ね》めつけると、拓海は素知らぬ風に、視線を逸《そ》らした。

以前も似たことがあったが、この少年は勝手に暴走することがある。わりと嘘《うそ》つきだし、かなり図太いし、こちらがあれこれと気を揉《も》んで、どれほど無駄に終わったことか。

だけど、今回は。

「…………」

かすかな血の香りを、私は嗅ぎつけていた。

そっぽを向いた拓海の首に、うっすらと赤い腫《は》れが滲《にじ》んでいる。犬たちから逃げる最中に、木の枝にでも引っ掛けたのだろう。ひとつ違っていれば、この少年が命を落としたかもしれない。

「ひとつだけ、決め、たわ」

と、私はつぶやいた。

「くのり？」

「この事件《まほう》は、私が食べる、の」

冷たい鉄のように、心の底が冷えていくのを感じていた。

「話を聞か、せて。神父様」

五

「……お帰り、陸丸」

赤い陽光に、陸丸の茶色い毛皮が溶け込むようだった。

もちろん、天音瑞季には見られない光景だ。かろうじて、世界が赤く染まっているらしい、と判別できる程度。

駅前である。

教会の最寄駅ではなく、とある屋敷と学校の最寄駅。丘の上に佇むその屋敷が、かつて檻杖の城と言われていたことぐらいは、瑞季も知っていた。

（同じにおいがした）

教会を尋ねてきた少女のことを思い出す。

「檻杖、くのり」

名前を、舌に乗せた。

似合った名前だ、と思う。檻《おり》に閉じ込められた金糸雀《カナリア》のような独特な口調も、隣を通り過ぎたときの、硬質でどこか寂しい香りも、その響きにふさわしい。ならば、自分には見えない姿も、きっと彼女の名前と同じ印象を湛《たた》えているのだろう。

「……きっと、そうよね」

ため息のように呟いたところで、もう一頭、白ちゃけた茶色の犬が戻ってくる。

「お帰り、雷丸」

名前の由来は、白の入り方が雷に似てるから、という兄の言葉からだったのだが、今でもそうなのかは瑞季には分からない。

「青藍兄さんは、お前がとりわけお気に入りだったわね」

連想のように、雷丸を可愛がっていた兄の笑顔を思い出してしまった。

兄の青藍がしつけた三頭の犬たちは、ある種の奇跡ともいえた。

瑞季にとって特別な三頭。

子供の頃の瑞季は、なぜ自分が彼らと違うのだろうと、本気で思っていたほどだ。

教会には多くの犬が住み着いているが、彼女にとって、とりわけこの三頭との触れ合いは特別だった。半端《はんぱ》な言葉などより、彼らの鳴き声や発散する匂《にお》いの方が、よほど濃密な情報を伝えてくる。そこには、無駄な嘘も虚勢もない。

もともと、犬には五歳児程度の知能があるというが、三頭はその数値よりずっと賢かった。盲目になった彼女がやってこれたのも、彼らの補助があればこそだ。

生活を常にともにしてくれるこの三頭こそが、瑞季にとって生きるよすがだった。

三頭の犬たちも、同様に瑞季を慕ってくれた。

「帰ってから、今日は少し付き合ってくれる？」

と、彼女は三頭の犬に問いかけた。

六

今度は、植物園ではなく、応接室であった。

「ずっと……逃げていたんです」

檻杖の屋敷に戻ってすぐ、私たちの前で、箸蔵神父はそう話し始めたのだ。

父の閑也も、すぐ近くのソファに腰掛けている。そうしていると、一応まともな大人に見えるのだから、基本的には黙っていてほしい。

「警察に出頭している間は良かった。あの中だったら、安心していられた。でも、あの事件が事故として処理されて、もう大丈夫だからって放り出されてしまって」

呻《うめ》きとともに、神父が顔を覆《おお》う。その指がかすかに震えていた。

「だから……檻杖さんのところなら、ひょっとしたら相談に乗ってもらえるんじゃないかって」

その言葉に、父の片眉《かたまゆ》が得意そうにあがる。

檻杖の歴史を加味しても、ずいぶん父は信頼されているらしい。これほど胡散《うさん》臭い相手もなかなかいないと思うのだが、蓼《たで》食う虫も好き好きというところだろうか。

震える自らの拳《こぶし》をそっと包んで、神父は言葉を続ける。

「犬が、怖かったんです」

「犬の教会って、言われてるのに？」

こう尋ねたのは、拓海である。

疑問としては当然だろう。

すると、父が口を挟んだのだ。

「ああ、それは単なるカモフラージュだからね」

「どういうことです？」

「…………」

神父は沈黙している。

どうやら本人からは話してくれないと見たのか、つらつらと父が喋《しゃべ》り出した。

「一応、あの教会の土地に隠れ切支丹の伝承はあるんだけど、ほとんど有名無実なんだよ。明治の早いころに教会ができたことから、後世こじつけられたようなものでね。本命はそれよりずっと近しくて、つい最近までまかりとおっていた」

さきほども、父が話しかけていた事柄だった。

しばし、父は箸蔵神父の方を見やった。

続けてかまいませんね、というようにうなずいてから、

「犬神憑《つ》き」

と、指摘したのだ。

「こっちの昔話が隠されたのは、まあ体裁が悪いからだ。つまりは低俗な迷信とくだらない差別のかたまりだからね」

父が顔をしかめたのは、その言葉にまつわる歴史に、不快なものがいくつもちらつく

からだった。

　犬神憑き。

　地方によって、狐《きつね》憑きやゴボウダネだとかさまざまな名前の派生《バリエーション》がある俗信だが、おおよそは低級な動物霊やそれに準じた何かに憑かれた家系、ということになるだろう。

「もちろん、こんな俗信にろくな中身はない。場所によっては、金融やなんやらで儲《もう》けた資産家階級に対して、あいつらは犬神憑きだから呪《のろ》いをかけて金を騙《だま》し取ったんだとか、ろくでもない難癖から始まった例もあるぐらいでね。もちろん、これだってひとくくりにできるものじゃないが、こうした因習は多くの土地で意味のない差別を生み、卑劣な大義名分を人々に与え続けた」

　声には、かすかな怒りがこもっている。

　かつて、確かに存在していた、暗い歴史への弾劾《だんがい》であった。

「こんなのが現代まで続くわけがない。とはいえ、差別の歴史がなくなるわけでもない。だから、あの土地の人間はカモフラージュを思いついた」

「それで、隠れ切支丹を？」

　拓海の質問に、父が人差し指を上下させる。

「御名答。犬神憑きの伝承をなかったことにするのは難しい。でも、ほかの伝承と混ぜてもとが分からなくすることなら、もう少し簡単だ。まあ、これもよくある手だけど、そこそこうまくいったんだよ。なんせ、犬神憑きはみんな忘れたい土俗の伝承だけど、隠れ切支丹は教科書にも載っているメジャー案件だからね。弾圧や差別については安易に比較できない歴史があるけれど、少なくとも知名度にはかなりの差がある。だったら、それぐらい別にいいんじゃないかって心理も働く。赤信号、みんなで渡れば怖くないってヤツだね」

みんなでやった罪ならば、その分罪悪感は薄められる。

父の言っているのは、つまりそういうことだ。釈然としないものはあるが、集団心理にそういう傾向があるのは確かだろう。

「この偽装工作は戦後の混乱した時期のことだ。瑞季さんたちの祖母と、当時の神父が協力したものさ。犬神憑きの家には過去から脱却できるメリットがあり、教会側には犬神憑きの財力で支援してもらえるメリットがあった。名所づくりとしても、おおよそうまくいったと評価すべき事例だろう」

父の言葉に、私は初めて教会に行ったときのことを思い出していた。

――『おばあさまがつけたから』

古風な名だね、と犬たちを評した拓海の言葉に、瑞季はそう返したのだった。

「だけど、どれだけ塗りつぶしても、ごく稀《まれ》に残るものがある。たまたま、この土地はそうだったんだ。ああ、我が家がそうだったように……天音青藍にはそういう才能があったんじゃないですか」

　檻杖と同じような、遠い名残。

　可能な限り、偽りを排除し続けた後に、残るほんのひとかけら。

　しばらくして、硬い面持ちのまま、神父が唾《つば》を呑《の》み込んだ。

「天音青藍には……確かに、特殊な才能がありました」

　胃の底に詰まった石を、無理やりに吐き出すようだった。

「幼い頃から、犬たちにずっと囲まれていたからかもしれません。まるで彼らと話でもできるみたいに、青藍はどんな野良《のら》犬相手でもすぐに仲良くなりました。いまも教会に残っている三頭を中心に、多くの犬たちを楽団の指揮者みたいに操ることさえやってのけたんです」

　どきり、とした。

　それは、さきほど神父と拓海を囲んでいた犬たちとまったく同じ構図だったからだ。

　あるいは、事の起こりとなった、地主の死亡事故も。

「確か、ハンドラーの大会で優勝したこともありましたね。多聞丸《たもんまる》という犬の賞歴を観《み》ましたが、大したものでしたよ」

あらかじめ調べていたのだろう天音青藍の経歴を、父が語る。こういう情報が届くのは、田舎ならではのゆるさと、名士という立場の相乗効果だろう。

だが、

「閑也さん」

たまりかねて、私も口を挟んだ。

「いい加減、まわりくどい、です。言いたいことを、さっさと出す、べき」

「おおっと、これは申し訳ない」

おどけた父に、心底のため息をつく。

かすかな怒りを腹腔《ふっこう》に押し込めつつ、私は神父へと突きつける。

「……問題は、どうして、天音青藍がいなくなったか、でしょう？」

答えを聞き出すのに、十分程かかった。

そして、私はもう一度家から飛び出すことになった。

七

暗がりで、彼は寝そべっている。

気だるい身体に苛立《いらだ》ちを隠せぬまま、鉛のような瞼《まぶた》をゆっくりと開いた。

汚れた毛皮の野犬が、戻ってきたのだった。

ちらりと見ただけで、

（……失敗したのか）

と、彼は理解した。

同時に、それが分かることに驚いてもいた。

以前は、これほどではなかった。

多くの犬を従えることは、彼の得意であった。瑞季の嬉《うれ》しそうな顔に、胸が誇らしくなったことを覚えている。相棒とともにハンドラーの大会で優勝したとき、どれほど世界が輝かしく見えたことか。

しかし、それでさえ、野犬を操るには立ち会う必要があった。

今回のように、あらかじめ神父を見張らせておいて襲わせるなどと、こんな複雑な指令は出したことがない。

自分の能力は、飛躍的に向上している。

だから、

（ああ、だから）

今度こそ、殺さねばならない。

これは復讐《ふくしゅう》だ。

鉛のように重い身体《からだ》の内側で、その一念だけが炎となって燃えている。

自分たちにはその権利があると、彼は確信していた。もしも瑞季が言っていたように、本当に神がおわすならば、この能力はきっとそのために与えられたものなのだから。

*

陸丸の鼻が地面に擦り付けられ、注意深く坂道を上っていく。

斜め後ろでは、風丸と雷丸もそれぞれのやり方で、臭《にお》いを嗅《か》いでいる。そのたび、尻《しっ》尾《ぽ》が揺れたり、耳がぴこぴこ動いたりした。

けして、実際に血のつながった兄弟というわけではないのだが、三頭ともそのような風《ふ》情《ぜい》があった。

教会の、裏山だ。

途中で、雷丸が天音瑞季の体をぐいと押し上げた。

「……ありがとう、雷丸」

瑞季が、唇をほころばせる。

ついで、先導していた陸丸が瑞季の手のあたりを、優しく舐《な》めた。

ハーネスのついた風丸はそんな行動をとれないが、微細な手応えのひとつずつで、主人を心配してくれているのが伝わった。

坂の途中で、手をあげる。

山の天気は変わりやすい。夏のざわめきを残したような湿った手触りから、変化を探る必要があった。

地主が襲われた現場から、かなり山を登った地点であった。この数日、瑞季たちは時間を見つけては、この山をつぶさに歩き、密《ひそ》やかに犯行相手を追っていたのだった。

つまり、彼女も地主のことが事故とは思っていない。

確かに、その気配があったから。

「……ああ、やっぱり、そうね」

静かに、うなずく。

とっくに分かっていたことを、わざと口にする。自分と犬たちとで、決心をかためようと。共有しようと。

「これは、復讐」

と、瑞季は囁《ささや》いたのであった。

＊

ハンドル越しに、森の光景が吹き飛んでいく。

エンジン音も高らかに、大っぴらには言いにくい速度で、山道を駆け抜けている。教習所ではついぞ触れずじまいだった車種なのもあいまって、運転している僕もおっかなびっくりしがみついている感じだ。

閑也さんから、趣味のバイクを借りたのであった。

「免許証なんて、持ってた、の？」

「姉さんに取れるものは取っておけ、って言われてね。高校はバイク通学禁止だったから意味なかったけど」

田舎ゆえに、電車の発車間隔は長い。だったらバイクの方が早いとの説得に、くのりもうなずいたのだ。

僕もくのりもヘルメットをかぶっているから、会話については半分ぐらいしか聞こえていない。とはいえ、それだけで、おおよその内容が分かってしまう程度の付き合いでもあった。

「でも、どうして？　くのりは、事件の解決なんか興味ないでしょ。自分でもそう言ってたのに」

「私が食べる、と決めた、から」

頑として譲らぬ、と声音が訴えていた。

腰に回された手の感触からも、決意の固さは明らかだ。だから、そちらについては諦《あきら》めて、僕は運転しながら、胸の内で経緯を整理する。

さきほどの、応接室でのやりとりを思い返す。

『……問題は、どうして、天音青藍がいなくなったか、でしょう？』

くのりの問いに、あのときの神父は明らかに目を泳がせた。

『……いや……それは』

『地主の、岩敷《いわじき》さんですよね』

これは、閑也さんが断言したのだ。

『地主なのだから、当然本来のいわれを知っている。土地の価値をあげたい地主としては、犬神憑きみたいな古い因習と縁を切りたかった。そのためには、うっかり嗅ぎつけられるかもしれない犬の教会なんてあだ名も邪魔だった。だから、当時のあなた方は実力行使に出た。なにしろ田舎なんで、それなりの地主が働きかければ取れる手も多い。天音青藍が留守のうちに、あなたがたは実行に移したんだ』

淡々と語る閑也さんが、ちらりと僕の方を見やった。

もう十分だろうと問いかけてくる瞳《ひとみ》によって、数秒ほどで僕の脳にもひとつのひらめきが訪れた。

『……殺処分』

哀れなほどに狼狽《ろうばい》した神父が、ひっと悲鳴を押し殺したのだ。

『さっきも話してたように、天音青藍はあまりに多くの犬を引き寄せすぎた。これから過去の因習があらわになることを恐れた地主は、こっそりと保健所に引き渡して、殺処分していたらしい。それで青藍と喧嘩《けんか》になった。もちろん、地主だけでできるようなことではないから、箸蔵神父も協力していたんでしょう』

閑也さんは、ただ静かに話していた。

こういうところが、似てる親子だと思った。時々……ほんの時々なのだが、うちに秘めた感情が大きいほど、ふたりともかえってそれを押し込めるタイミングがある。

『いいや、それだけじゃない』

と、閑也さんは詰問《きつもん》する。

『あなたがたは、ひょっとして、あのふたりを折檻《せっかん》していたのでは。天音青藍が耐えられずに逃げ出すぐらいの』

『ち、違う！』

強く、神父が否定した。

『ですが、あの娘の目が見えなくなったのは、あなたがたのせいじゃないですか』

『う……あ……』

低く、唸りがこぼれる。

がくりとうなだれたまま、神父が話す。

『岩敷さんが殺処分したことがバレて、怒った青藍と殴り合いになったんです。一緒にいた瑞季も巻き込まれて、三人とも揉《も》み合いになって……そのときに、瑞季は後頭部をぶつけてしまって』

掠《かす》れた声が、なおさら現実味を煽《あお》った。

遺伝で、と天音瑞季は言っていた。それが嘘だったわけではないのだろう。だが、とどめとなったのはその日の出来事だったに違いない。

『逃げるように、天音青藍は出奔しました。三頭の犬を置いていったのは、瑞季のためかもしれません。あの三頭は、瑞季の方に懐いていましたから』

『なるほど。でしたら、もうひとつ確認していいかな？　いや、くのりにはまた回りくどいと怒られそうなんだけど』

前置きをしてから、閑也さんはこう尋ねたのだ。

『事件が起こった日も、岩敷さんは同じように瑞季さんにあたった？』

『それは……前から、もう教会の土地を売ってしまいたいと言っていたので……その……私が目を離した隙《すき》に……少しぐらいはあったかもですが……』

言いにくそうに、神父が言葉を濁す。

しかし、その怯《おび》えたような仕草だけで、伝わってしまった。

おそらく、この神父自身がシスターを虐待《ぎゃくたい》することはなかっただろう。しかし、同時に彼がシスターを守ることもきっとなかったはずだ。

あのシスターは、これまでどれほどの苦難に耐えてきたのか。黒い尼僧衣の下に、どれほどの鬱屈《うっくつ》と痛みを隠してきたのか。

『……あ』

くのりが、唐突に立ち上がったのだ。

『嘘が、分かった、わ』

『行っておいで』

言うが早いか、くのりは飛び出していた。

その後を追いかけようとした僕に、閑也さんはバイクの鍵《かぎ》を放り投げて、ウィンクして見せたのであった。

そして、今だ。

こつんと、背中にヘルメットの当たる感触があった。

僕の背中に頭をもたせかけたまま、くのりが囁いたのだ。風切り音に交じって、切れ切れの声が僕の耳朶《じだ》を叩《たた》いた。

「私が、山で死を喰らったときのこと、覚えてる？」

地主の死を喰らい、青藍と口にしたときのことだろう。

もちろん覚えているとうなずくと、くのりは言葉を継いだ。

「私が視《み》たとき、被害者の岩敷さんはうずくまって、顔まで、噛まれて、たの。目が、見えるはず、ない」

そういえば、後からくのりに聞いた話では、足を噛まれ、うずくまった被害者が身体のあちこちを噛まれたはずだった。

「なのに、被害者は、青藍だと、思った」

「どういうこと？」

少しの間黙って、僕の背中に頭をあずけたまま、くのりは呟《つぶや》く。

「……人狼って、知ってる？」

「ゲームなら。人のふりをした狼《おおかみ》が村にまじって、毎日人間を食い殺していくやつ」

前の中学で、アナログゲーム趣味の友人がいたので、二度ほど遊んだことがある。村人たちの投票で毎日ひとり処刑していき、村に交じった人狼をうまく殺せたら、村人の勝ち。逆に最後まで処刑されず、村人たちを全員喰い殺せる状況まで追い詰めたら、人狼の勝ちというゲームだ。

「うん。それで、いい。人狼の大事なことを、あのゲームは、抽出してる、から」

「大事なことって？」

「重要なのは、この人狼は、狼が人のふりをしている、こと」

運転途中なのに、悲鳴をあげそうになった。

八

黒い雲の隙間を縫うように、欠けた月が浮かんでいた。

うだるように暑い、夏の夜。

静まり返った教会であった。

「ここかい？」

「いいえ」

拓海の質問に、私はかぶりを振る。

不用心なことに鍵もかかっておらず、誰もいないことはすぐ明らかとなった。

裏手へと周り、犬のように地面にこする寸前まで、私は鼻を近づけた。

「くのり？」

「足跡」

まだ新しい、足跡だった。

近くに、犬のそれも寄り添っていた。裏山から奥へと続いている。

「まだ、間に、合う」

言って、ふたりとも坂道を上り出す。

夏の山には、さまざまなにおいが満ちていた。むっとするような樹液のにおい、湿った土のにおい、動物の糞尿《ふんにょう》のにおい。まるで何度も塗り重ねた油絵のように、それらのにおいがグラデーションをつくりつつ積み重なっている。

この夏の異様な暑さと湿度もあって、必死に歩く私たちは、人の気配がない水族館を彷徨《さまよ》う気分だった。触れることもできない水の中で、酸素を求めて喘《あえ》ぐ漂流者。足跡を必死に追う私たちは、ふたりきりで手をつないだ迷子みたい。

「……クラムボンは死んだよ」

不意に、そんな言葉が口から滑り出た。

最初に、この教会に来たときに思い出したフレーズの続きであった。

「宮沢賢治？」

後ろの拓海が、少し息を切らせながら尋ねた。

そのはずだ。小さな谷川の底、ぷかぷかと泡をこぼす蟹《かに》の家族の寓話《ぐうわ》。いつか誰かが見た幻燈《げんとう》の光景。意味があるかもしれない、ないかもしれない、美しい言葉の羅列。

「クラムボンは死んでしまったよ……」

「殺されたよ」

と、拓海が受けた。

「それならなぜ殺された」

ちょうど、そこまで呟いたところだった。

坂のすぐ上のあたりに、別の気配が生じたのだ。鬱蒼《うつそう》と茂った森の向こう側が、その半ばが切り立った小さな崖《がけ》となっている。最初に地主が殺された現場からは、ずいぶんと坂を上った地点であった。

崖の一部が崩れて、子供ぐらいなら入れるかどうかという狭苦しい洞窟《どうくつ》になっているようだった。

そして、周囲の闇《やみ》から、いくつもの呼吸音が聞こえた。

いくつも、いくつも。

(……犬の、瞳)

まるで、蟹の吹き出した泡のように、野犬の瞳が浮かび上がる。つい半日前に、拓海と神父が追い込まれていたのと、同じ状況。

今回は、その中心に、あの尼僧《にそう》服が佇《たたず》んでいた。

「あなたがたが来るなんて、思ってなかったのに」

「そう、でしょう、ね」

瑞季の言葉に、私はうなずいた。盲目の彼女へ私たちの接近を教えたのは、ハーネスでつながっている風丸だろうか。

「困りました。でも、だったら仕方ないですね」

何かを諦めたように呟いてから、

「陸丸、雷丸」

と、瑞季は呼びかけた。

ハーネスをつながれてない二頭の犬が、それぞれシスターを守るように前へと出る。

誓いを立てた者を守らんとする、健気《けなげ》な騎士のようにも見えた。

シスターが、崖の洞窟へと呼びかける。

「あなたね、多聞丸」

夏の湿気た空気に、声がじんわりと広がった。

「あなたが……岩敷さんを殺したのね？」

確信している口調だった。

やがて、ゆっくりと洞窟の暗がりから、相手が現れた。

その姿に、うっと息を止めた。

多聞丸の身体は、明らかに半身が麻痺《まひ》していたからだ。

あちこちの毛が抜けて、まぶたの片方は重く垂れふさがり、後ろ足をひきずりながら、やっとのことで歩いている。

「殺処分では、二酸化炭素のガスを、使う、の。脳に酸素が欠乏した状態で、ガス室の犬は昏睡《こんすい》状態に、陥る」

私の言葉に、シスターはかすかにうつむいたきりだった。

彼女もそれぐらいのことは知っていたのだろう。

「きっと、その中で、多聞丸は生きて、いた。ばかりか、火葬場に持ち込まれる前に、逃げ出、した」

保健所の杜撰《ずさん》さもあったろうが、この場合、多聞丸の生命力と生存への執着にこそ驚《きよう》愕《がく》すべきだ。保健所を脱出した後、一体どれほどの時間彷徨っていたかは分からない。半身不随となった犬が生き延びるためには、途轍《とてつ》もない執念と忍耐が必要だったはずだ。そんな状態で、見も知らぬ殺処分の施設から、故郷までの道のりを知るのに、どれほど過酷な旅路をたどったものか。

それでも、戻ってきた。

戻ってきてしまった。

青藍に見いだされた能力が発達したのも、同様の理由だったろうか。

「たくさんの犬が死んで、一頭だけ、生き残った。蠱毒《こどく》みたいな……いいえ、そんなの蠱毒そのもの、よ」

昔、父に聞いたことだが、蠱毒とは古い中国の流れを汲《く》む呪術《じゆじゆつ》である。蛇や蜘蛛《くも》、あるいは虱《しらみ》などの虫を同じ容器にいれて互いに喰らわせ合う。無惨《むざん》な循環の果てに生き残ったものを蠱毒の主と認め、毒を採取したり、呪術の媒体として使うのだという。それこそ本土である中国では、歴史上の法令でも蠱毒を名指しして、手を出したものは絞首《こうしゅ》刑や斬首《ざんしゅ》刑に処すると明言されていたほどだ。

結果として、彼は特別な犬となった。

瑞季に寄り添った三頭にも似た感じはあったが、この多聞丸はその能力により磨きをかけることとなったのだろう。自分があまり身動きできぬようになった代わりに、野犬へ命令を下せるほどに。

それもまた、蠱毒の必然だったろうか。

「多聞丸」

呼びかけに対して、汚れた犬は黄色い牙《きば》をむき出した。

吼《ほ》えたのだ。

お前など知らぬ、と言うごとく。

お前だって俺の憎む人間たちのひとりだ、と叫ぶごとく。

「多聞丸」

切々たる瑞季の言葉さえ振り切るように、咆哮《ほうこう》が声量を増した。

犬が、飛びかかった。

かつては稲妻のようだったのかもしれない。アジリティと呼ばれるハンドラーの大会は、その名称のまま敏捷性《びんしょうせい》を試すものだ。優勝した多聞丸の速度は、本来ならば私なんかの目には映らないほどだったろう。

立ちはだかったのは、陸丸と雷丸だった。

もみくちゃになって、三頭の犬が転がった。土を跳ね飛ばして、もつれあった犬の四肢が、やがて上下をはっきりとさせた。陸丸が多聞丸を押さえ込み、自由になった雷丸が大きく口を開いたのだ。

暗闇に、血の臭いが広がった。

「陸丸！」

押さえ込んでいたはずの陸丸の足が、多聞丸に咬《か》み裂かれたのだ。

捻《ねじ》り込むようにして脱出した多聞丸が、こちらを睨《にら》みつけた。この場の部外者として、襲うべき相手を決定したのか。

「くのり！」

拓海の叫びに、私はしゃがみこんだ。

さっ、と万年筆で地面に円を描いたのだ。

結界。

あちらとこちらを隔てるための、魔法円。

犬の群れと対峙《たいじ》したときのように、私の山ではない。檻杖の土地とも離れている。私自身の場を聖域と定めたところで、味方になってくれる要素が足りない。

だから、もうひとつ用意をしていた。

「とほかみ、えみため」

喉を、大きく震わせる。

私の区切った結界を、その響きで満たすように。

言葉は、あくまで人同士の道具に過ぎない。だが、独特の響きや発声を伴う魔術は、人に寄り添ってきたものに対して、近しい効果を発揮しうる。まして、相手もある種のまじないにくくられているモノならば。

「とほかみ、えみため」

合わせて、手を振るう。

地面の木の葉が、びりびりと震えるのを感じた。取り囲んでいた犬たちにも、動揺に似た気配が伝わった。

彼らの脳を揺さぶれ、と私は叫ぶ。

「とほかみ、えみため」

刹那《せつな》、多聞丸が地を蹴《け》った。

跳躍の頂点で、汚れた牙が人の形を裂いた。

「檻杖さん?!」

あるいは、盲目のシスターにも、私が襲われたように思えたのだろうか。

夜の森の中、私の周りを、雪のように白い紙切れが舞っていた。

形代《かたしろ》、である。

豊巻ゆかりの事件で、ある意味事件の引き金となった、人の身代わりとなる呪物。今の私は、呪文と同時に、それを撒《ま》き散らしていたのだ。

檻杖くのり、と形代に書かれているのはシスターも多聞丸も読めなかったろうが、揺さぶられた脳を、つかの間錯覚させるには足りた。あるいはそれは、形代と自分の衣服の双方に焚《た》き染《し》めていた、閑也さんのハーブの効用でもあったろう。ビニールハウスの内側で栽培された中には、あまり表沙汰《おもてざた》にできない効用の品種もあるのだった。

そこに、陸丸と雷丸が走り込んだ。

顔に形代の一枚を貼《は》り付かせたまま、混乱した多聞丸の足がもつれる。

さきほどと逆に雷丸が多聞丸を組み伏して、陸丸が多聞丸の喉を嚙《か》んだ。

ごきり、と嫌な音がした。

それきりの、ひどくあっけない終わりだった。あるいは周囲の犬が襲いかかってくるかと危惧《きぐ》していたが、そんなことにはならず、ゆっくりと散っていった。

興奮しきっていたのか、喉を嚙んだ陸丸の牙は、しばらく外れなかった。

その顎《あご》にシスターが白い手を挟んで、力をこめて開いていった。

やっとのことで、牙が外れた。

陸丸の頭を撫でて、シスターがそっと多聞丸の死骸《しがい》を掻《か》き抱いた。

「もういいの。もういいのよ、多聞丸」

たったそれだけの言葉に、何年もかかったかのように思えた。この犬と離れて、再会するまでと同じだけの時間。

首から滴《したた》り、シスターの手を汚した血を見やり、私はひざまずいた。

「……檻杖さん？」

「…………」

私を突き動かしたのは、いつもの飢えとは少し違っていた。

もとより、檻杖の飢えの対象になるのは人の死だ。これは違う。いかに、人と寄り添い、似た思考を持つようになっていたとしても、根本的なところで異なっている。今私がやろうとしているのは、たとえば鉄や石塊を咀嚼《そしゃく》しようとするようなものだ。

それでも、すべきだと思った。

背後で見守っていた拓海は、ため息をひとつついたきりだった。

「失礼、します」

ぺろり、と血に塗《まみ》れたシスターの手を舐めたのだ。

鉄っぽいその味に、すぐ別の感覚が舌から脊髄《せきずい》までを突き抜けた。痛みは眼球を突き刺す煌《きら》めきとなり、万華鏡《まんげきょう》のごとき煌めきは、たちまち前衛芸術を思わせる原色の音となって私の鼓膜をつんざいた。

がくがくと震えた私は、ガス室で昏睡状態に陥った彼であった。

山の内側で自分の肩を抱いている私は、火葬場の手前で息を吹き返した彼であった。

すんでのところで逃げ出したものの、一度死にかけた私はもはや以前と違ってしまっていた。栄養不足のためか、どこかで病をもらったのか、皮膚は爛《ただ》れ、腫《は》れ上がった瞼は垂れ下がった。極限の飢餓状態の最中、野犬が餌《えさ》を置いていってくれたことが、自分の能力の発芽だとか最初は気づきもしなかった。

それでも、ひりつくような想《おも》いだけが変わらない。

この身体と精神《こころ》を駆り立てる、光だけが変わってくれない。

太陽と月が何度巡ったか。

見たこともない道で、どれほど片足を引きずり続けたか。

いずれにせよ、ようやく見慣れた山に辿《たど》りついたとき、胸に去来したのは……そこに残っていたのは、ただ燃え盛る熱情のみだった。

「瑞季」

と、喉から声があがった。

硫酸のように、あるいは炎のように、私の喉の粘膜が焼かれる。

「どこだ、青藍、どこだ」

自分の喉から迸《ほとばし》る炎《ことば》を、私は他人のように聞いている。

目の前のシスターの顔色さえ分からない。強烈な熱と拒否反応で、私は今にも破裂してしまいそう。犬の脳による情報が、私の何もかもを食い荒らして、引きちぎっていく音さえ聞こえた。

「瑞季、俺の、俺の、妹。お前だけは俺が」

がくり、と私はうなだれた。

後ろに倒れそうになったのを、拓海の手が支えてくれた。

顔がびっしょりと汗で濡《ぬ》れていた。今、一度自分が死んだのだと思った。体中を埋め尽くしていた熱は、ぷっつりと消え失《う》せていた。

「……それだけ、ね。犬は私たちと、心の規格が、違う、から。でも、それだけは、同じだった」

彼女を妹と思っていたことだけが、同じだった。

ほかの三頭のように、あるいは青藍のように、兄妹のひとりだと多聞丸は認識していたらしかった。

「…………」

シスターは、何も言わなかった。

私が死を食べるなんてこと、彼女は知らない。

だから、私がやったことは、突然やってきた女子高生が、滑稽《こっけい》な芝居を演じただけに見えたかもしれない。

でも、やがて、彼女はこう口にしたのだ。

「……ありがとう。あなたは魔女ですよね」

閉じられた瞼は、何の表情も浮かべていない。

ハーネスにつながれた風丸も、泥まみれの雷丸も、牙を血に染めた陸丸も、身じろぎひとつしなかった。主人が露《あら》わにするまでは自分たちの意見を表明することなどけして許されない、と言うようでもあった。

「死を喰らう、檻杖の魔女。そうですよね？」

父が天音を犬神憑きの家と知っていたように、天音の側も檻杖のことを知って、伝えていたのだろうか。

ひとつ深呼吸してから、瑞季が尋ねる。

「あなたの顔に、触れてもいいですか？」

「どう、ぞ」

うなずくと、ハーネスから手を離して、彼女の指先が額に触れた。

冷たい指だった。血がついたが気にならなかった。どのみち、さきほど多聞丸の血を舐めたときに、私の唇は赤く染まっている。

「私、多聞丸に食べられてもいいと思ってました」

そっと、私のこめかみに指先を這《は》わせて、シスターが言った。

「どういう、こと？」

「あなたが来たから、そんな気分じゃなくなりました。恨み言かもしれません」

白い指が私の髪をつたい、うなじに流れた。顎《あご》を撫《な》でて、唇をほんの少しだけ強く押して、ひとつずつカタチを確かめているようだった。

そうされながら、私も訊《き》いた。

「なぜ、ここにいたの？　こんな事件、放っておいても、良かったんじゃ、ない？　神父さまを助ける、ため？　それともシスターとしての、責任、感？」

どちらも、このシスターにはふさわしくないように思えた。

「さあ、どうでしょう」

と、シスターは唇をほころばせた。

指が瞼へと触れた。

普通なら拒絶するところだろうに、不思議と恐怖は感じなかった。

「あなたも、どうして、やってきてくれたんですか」

「拓海が、襲われた、から」

率直に、私は答えた。

拓海が咳払《せきばら》いする気配があった。

「羨《うらや》ましい」

と、天音瑞季が囁いた。

ゆっくりと、瞼から指が離れた。

それっきりだった。

今のは、私に言ったのだろうか？　それとも、拓海に言ったのだろうか？

「私、とても、羨ましいです」

夜の星みたいに、彼女は淡く微笑する。

それから、

「多聞丸は、私の教会で弔います。私を見つけてくれて、ありがとうございます」

深く、頭を下げる。

やっと事件の終わりに辿り着いたと言うように、三頭の犬が寂しく鳴き声を交わした。

＊

ふたりで山を下りた後。

教会を背中に、バイクのハンドルに触れたところで、くのりが僕の名を呼んだ。

「拓海。なにか、隠して、る？」

「なんにも」

と、僕はかぶりを振る。

もちろん隠しているわけだが、あえて蛇の尾を踏む必要もあるまい。睨みつけられたところで、とっくにそんなのは慣れっこなんだから。

ふと、スマートフォンにメールが着信してるのを見て、中身を確認した。

「閑也さんからだ」

「何？」

「天音青藍はブラジルにいるのが分かったって。もちろん出国した形跡もなし。復讐に帰ってきたはずもない」

こんな調査もしてるあたり、よほど暇だったのだろうか、と思う。

「ふうん」

いまさら興味ない、という風にくのりが返した。

ちょうどいいタイミングで話が逸《そ》らせたが、さすがに少しだけ胸は痛んだ。

「…………」

どうして、この事件を放っておかなかったのか、とくのりはシスターに訊いた。

実際、地主のあと神父が復讐されるのを、天音瑞季は待っていても良かったはずだ。

ひょっとしたら、多聞丸の復讐には瑞季自身も対象に入っているかもしれなかったが、だとしても彼女はかまわなかったはずだ。なにしろ、殺されてもよかったと口にしたぐらいなのだから。

それでも、ひとつ、辻褄《つじつま》の合う考えがあった。

――『初恋の人の写真、になるのかもしれません』

あの喫茶店で、聞いた言葉である。

だったら、あのシスターは初恋の人を守ろうとしたのではないか。のこのこと地主の殺人事件で現れてしまった相手が、万が一にも多聞丸の殺戮《さつりく》に巻き込まれぬよう、事件に介入したのではないか。あの町で写真館を探していたのも、その決意を固めるためだったかもしれない。

無論、単なる想像だ。

でも、僕はずっと隠し続けることになるだろう。

ひょっとしたら、天音瑞季が密かに抱いていた恋心も。

そのために、兄弟同然に育ってきた多聞丸を殺す気になったのかもしれない、というひどく身勝手な想像も。

(……あのときの)

シスターが背にしていた写真を、思い出す。

あの写真に映っていたのは――皆がランドセルで登校する中、ひとり革の鞄《かばん》を手にして静かに振り返っていた、まだ幼い頃の檻杖くのりであった。

第四話

嘘つき魔女が、6度死ぬ

――きっと、私は、六度死ぬ。

一

感覚《からだ》が、震えた。

私は陶酔している。私は耽溺《たんでき》している。

暗闇《くらやみ》の中、というと語弊があるだろう。そこには光も闇もない。

ただ、私の感覚《からだ》があるだけだ。本来の肉も骨もないのに、五感だけが延々と刺激されている。一秒ごとに肌が剝《は》がされ、心臓が破裂する。神経も血管も引きずり出され、眼球を針が突き通る。

まるで、エッシャーの騙《だま》し絵のように、終わりのないジェットコースターに投げ込まれている気分だった。恐ろしくても、逃げ出すことができない。そんな意思を持つことさえできない。恐怖と興奮と恍惚《こうこつ》とが、私をずっと捕らえている。

（……ああ）

意識のどこかで、諦観《ていかん》とともに嚙《か》みしめる。

私は、今、死んでいるのだ。

この兇猛《きょうもう》な乱流は、死を受け入れきれない身体《うつわ》の抵抗に過ぎない。実際、これらの異様な情報量が途絶えた時、私は本当に死んでしまうのだろう。

――そんな中でも、時々泡のように浮かび上がる記憶がある。

死の味わい。

たとえ、それが人ではなくても。

人に紛《まが》うほど親密に、寄り添って生きた獣だとしても。

とあるシスターの兄として、彼女を守らんと、ただひとりで荒れ狂った騎士の死。

彼の死は、まるで鉄錆《てつさび》のような味わいだった。

二

九月の昼休みになっても、気温はまだ三十四度を超えていた。

異常気象なんて言われて久しいが、物心づいてからこんな夏しか経験していない僕らには、そもそも正しい気温の見当がつかない。

我が美術部室には一応クーラーが設置されているが、死にかけた怪物のような音をあげて、生温《なまぬる》い風を吹き出すばかりだ。椅子《いす》に腰掛けているだけでも、じわじわ体力を奪われ、肘《ひじ》を曲げればどっと汗が噴き出す。保温瓶にいれたお茶もとっくに生温く、ミニ冷蔵庫を私的導入すべきかと、僕は真剣な検討を始めていた。

もっとも、本日の客は、そんな生理現象の外にいるらしい。

頭衣からこぼれた髪は、くのりとはまた違う艶《つや》を帯びている。憂《うれ》いと言ってもいいかもしれない。つい一ヶ月前、家族にも等しい相手を自ら引き裂いた喪失が、彼女を飾っているのだった。

「君が部室へ来るとは思わなかった」

正直なところを言うと、黒衣の少女は微笑した。

「もともと、神父さまに講演が依頼されてましたから。まだ体調が戻らないもので、私が受け持つこととなりました」

賛同するように、近くの犬が小さく鳴いた。

天音《あまね》瑞季《みずき》である。

以前から、外部の人間の講話を開きたい、とは日下《くさか》先生も話していたことだった。田舎ゆえ一層閉鎖的になりがちな学校空間には、定期的に外部の風をいれるべきだと、あの人にしてはまっとうな主張をしていたのを覚えている。

結果、この二学期から、瑞季が受け持つことになったらしかった。同年代の麗《うるわ》しい少女の説教となれば、もちろん男子たちの見逃せるところではない。ましてや、盲導犬を連れたミステリアスなシスターなんて、いささか話題性を盛りすぎだろう。

ちらと聞こえてきた評判では、興味津々《しんしん》で集まってきた学生たちを前に、彼女は堂々と最初の講話をやってのけたそうだった。

「拓海《たくみ》さんはいなかったですね」

「分かるの？」

答えず、シスターは犬の頭を撫《な》でた。これはつまらない質問だったと、僕も反省する。前回の事件で発揮された犬の嗅覚《きゅうかく》からすると、講堂に僕がいたかどうかなんて、一発で分かるだろう。

それから、シスターはこう尋ねた。

「私が来るのはよくなかったですか？」

「別に」

つとめて表情に出ないようにしつつ、かぶりを振ったが、この相手には無意味な努力であった。前の事件では気づかなかったが、こうしてみるとひどくやりにくい相手だ。まるで僕の天敵である。

「でも、どうしてこの部室に？」

「話す必要がありますか」

あなたは分かってるでしょう、と言わんばかりだ。

もちろん、僕はしらばっくれて視線を逸《そ》らしたが、先回りするように彼女の質問が続いた。

「ここで、檻杖《おりづえ》さんと何をしてるんです？」

もちろん美術をと言いかけたが、今度こそ無駄な努力は回避する。そこの犬の鼻からすれば、油絵の画材がずっと使われてないのなんて明白だろう。

「髪を切ってる」

「髪を」

鸚鵡《おうむ》返しに言って、彼女は親指を可憐《かれん》な唇にあてがった。

「……うらやましい」

ぼそりと呟《つぶや》いた言葉に、わりと洒落《しゃれ》にならない感情がこもっていた気もするが、必死で聞かなかったふりをする。地雷だらけの荒野でも歩いている感じだった。この場合爆発するのはなんだろうか、と眠そうな犬を見やる。

あれから一ヶ月ほどで、シスターの性格は少し変わった気がする。それとも、こちらの方が地なのだろうか。

「くのりが来たら、伝言ぐらいはするけど」

「いいえ」

かぶりを振って、彼女が立ち上がった。

ハーネスで繋《つな》がれた犬もほぼ同時に立ち上がる。

一歩進んでから、

「ねえ、拓海さん」

と、瑞季が呼んだ。

ふと、同じように呼ばれたのがあの喫茶だったのを思い出した。陽気なトランペットの音色が耳の中で鳴った。つい足踏みしたくなるリズム。琥珀《こはく》色の光の中で、マスターが食器を磨いていた。

「先月の事件では、あなたが檻杖さんを連れてきたの？」

「そうなるかな」

とん、と柔らかなものが鎖骨に当たった。

シスターの手が、制服の胸ぐらを摑《つか》み上げているのだと理解するのに、数秒かかった。

「もしも、檻杖さんが死んだらって考えなかったの？」

身にまとう尼《に》僧《そう》衣にはまるでそぐわぬ怒りが、声に滲《にじ》んでいた。

それも当然だろう。

檻杖くのりが事件に関わってしまったと考えたからこそ、天音瑞季はかつての家族であった多聞丸を始末することにしたのだ。しかも、彼女と同じく兄弟のように育った犬を使って。

「僕に、くのりを止められるような発言力はないよ」

「役に立たないのね」

言葉にはトゲが生えている。たっぷりと毒も塗られていた。

眉《まゆ》をひそめると、盲導犬に導かれて、シスターは背を向けた。

しかし、彼女も知らなかったのだろう。

くのりは、もう四日も続けて、学校を休んでいるのであった。

三

ぐるぐると、私の認識《せかい》はずっと捻《ねじ》れている。

嵐《あらし》に投げ込まれたように、津波に巻き込まれたように、もはや正しいカタチもバランスもありはしない。何度だって崩れて、何度だって元に戻って、時間なんて概念は遥《はる》か彼方《かなた》へ置き去りになっている。

だから、時折浮き上がる死のイメージだけが、私をつなぎとめるよすがだった。

——彼女の死は、寂しい味だった。

自分から溶けてしまった人の味。

すでにいなくなってしまった人を模倣するため、自分が身を捧《ささ》げるのだと、定めてしまった者の切ない甘さ。

まるでそれは、幼い頃唇に含んだ、花の蜜《みつ》のようだった。

四

放課後の教室は、どこか物寂しい。

誰ひとりいないがらんどうより、ほんの数人の生徒が出たり入ったりする光景の方が、空白を強調するせいだろうか。

その日は、片付けに手間取っていたところで、細い人影がこちらの足元に差した。

「檻杖さん、どうかしたの」

安芸《あき》が、尋ねてきたのだった。

「なんで、僕に訊《き》くの？」

「だって、もう四日も姿を見かけないでしょ。薊《あざみ》くんなら知ってるかなって」

「くのりなら、よくあることでしょ」

視線を向けず、片付けを済ませていても、彼女が移動する気配はなかった。

代わりに、

「くのり、か」

呟いてから、新たな爆弾を投下してきたのだ。

「呼び捨てなのは、彼女だから？」

「そういうのじゃない」

正直なところを話したが、彼女に通じたかどうか。

探るようにこちらを見上げて、んー、と目を細める。

「本当に？　檻杖さんといつも一緒にいるの、君だけなのに？」

と、わざわざ確かめてくる。

どれだけ物好きなのか。ほかのクラスメイトからすれば、最近のくのりはかなり治外法権の類《たぐい》だろうに、かまわずぐいぐいと踏み込んでくる。

「どちらでも、君には関係ないだろう？　それに、くのりは単に幼馴染《おさななじみ》だから、僕を都合よく使ってるだけだよ」

「それでいいの？」

「良くはないけど」

そう返した僕を、ますます不満そうに安芸は睨《にら》みつけた。

唇を尖《とが》らせ、小鼻に皺《しわ》を寄せて、すぐこんな風に命令してきた。

「君、帰る前に少し付き合いなさい」

「はい」

その真剣さに、うなずかされてしまったのであった。

教室を出て、安芸は校舎の裏へと回った。

グラウンドの古ぼけたネット裏だった。

食堂のすぐ近くでもあって、美味《おい》しそうなカレーの匂《にお》いがした。部活用の炊《た》き出しだろう。ここの名物ともいえるメニューを、しばらく味わってないことを思い出した。

「宇《う》治《じ》垣《がき》くんに聞いたんだけど、ここのカレー、食堂のおばさんが前に開いてた店からの特別レシピなんだって」

「らしいね」

素知らぬ顔で、うなずく。

カキン、といい打撃音が聞こえた。視界の隅で、白球が弓なりに飛んでいく。

「したかったのは、カレーの話？」

「そんなわけないでしょ！」

ふくれっ面《つら》で言ってから、彼女は腕組みした。

そのまま、とんとんと自分の二の腕を人差し指で叩《たた》いて、うーんという声とともに、こう口にした。

「少し、気になってることはあるんだ。だから、君に聞いてほしかったのかも」

彼女の言葉を聞きながら、僕はほんのり赤く染まりつつある空を見つめていた。いまだ夏の熱気を孕《はら》んだ、一陣の風が吹く。秋なんてまだずっと先だよと嘯《うそぶ》いているようなその熱が、頬を撫でる。

「長くなければ、聞くよ」

と、返した。

少し、間があった。

近くの壁にもたれかかって、安芸が囁《ささや》く。

「思春期のポエムみたいで恥ずかしいかな」

「僕ら、思春期だろ」

「それはそっか」

淡く笑って、彼女は校舎の軒先を見上げた。

一呼吸してから、こう呟いた。

「春ぐらいから、何か忘れてる気がするんだ。まるで、満開の桜の下に、置いてきてしまったみたい」

「…………」

忘却の正体を、僕は知っている。

彼女が魔女に成り果てた結果。過去に置いていかれたドッペルゲンガー。魔女になろうとして、魔女になったがために失われた彼女自身。

だから、いつものように嘘《うそ》をつく。

「本当に、思春期だな」

「だから言ったでしょ。性格が変わった、なんて母さんには言われるんだけどね」

苦笑して、安芸が肩をすくめる。

ふと、その単語が引っかかって、問いかける。

「ひとり暮らしじゃなかったっけ」

「あれ、薊くんにそんなの話したっけ」

「……多分。なんとなく覚えてたから」

実は、君の家に不法侵入したことがあるとは、説明し難い。しかも、君が嘘つきと非難していた相手と一緒だったよ、とも。

「ひとりで暮らしてたのは、最初の一ヶ月だけだよ」

と、安芸は微笑して答えた。

「母さんは後からこっちに引っ越してきたんだ。本当はすぐ一緒に暮らすはずだったんだけど……離婚調停が長引いちゃってね」

そんな事情があったのか、と今更になって思う。

事件を介して彼女に触れたが、彼女の内情を知ろうとはしなかった。

彼女が彼女自身を捨てようとしたのも、同じ理由からなのだろうか。あるいは、以前の彼女の言葉から、父母の影を感じ取れなかったのも。

「もしも」

つい、言葉がこぼれてしまった。

必要のないことだと思う。しかし、一度口に出してしまった以上は最後まで言うべきだろうと、自分の迂闊《うかつ》さを呪《のろ》いつつ、最後まで言葉にした。

「もしも、誰かが自分の人生を代わってくれるなら、君はどう思う？」

「変なこと聞くなあ、薊くん」

安芸が、困ったように細い眉を寄せる。

「きっと楽だろうね。今の自分を手放せるなら」

赤い色に、彼女の言葉が揺れた。

いつのまにか、ずいぶんと夕陽が傾いていた。気温はさほど変わらないのに、陽が落ちるのだけが早くなっている。秋なんて季節はひどく薄っぺらくなってしまって、ほかの誰かに席を譲ってしまったようだ。

「生きているってしんどいもの。いくら楽しいことがあっても、幸せなことがあっても、それでも日々を受け止めるだけでしんどいよ。だから、誰かが代わってくれるっていうなら、きっとそれは死ぬほど楽なこと。うん、だから大事なことを忘れたあたしは、一度死んだようなものかもしれないけど」

安芸の顔をゆっくりと夕映えの色が埋めていく。

瞼《まぶた》も鼻梁《びりょう》も唇もアカイロに溶けて、ただのシルエットになった彼女を、僕の知らない誰かのように錯覚する。あるいは、この田舎に戻る前、一冊の本を貸し出した少女のように。

「でも、今はいいかな？」

と、彼女が笑った。

「どうして？」

「だって、薊くんが聞いてくれたでしょ。変な悩みだけれど、君なら笑わないような気がしたから」

「聞いただけだよ」

「聞いてほしかったの。誰かに」

いーっ、と安芸が歯を剝《む》き出す。

「お礼に、今度カレー奢《おご》るから」

「安い」

顔をしかめた僕の文句の後、安芸はふと思い出したように尋ねた。

「ねえ。薊くんこそ、もしも同じようなことがあったら、どうするわけ？　たとえば……もしも、檻杖さんを忘れることになったら？」

「忘れられるような、印象の薄い相手じゃないよ」

「それもそっか」

くしゃりと破顔して、安芸はすんと鼻を動かした。

「カレー。本当に美味しそう。ありがとう、変な話を聞いてくれて」

それきりで、気まぐれな小鳥のように彼女は去っていった。

いつもと同じく、僕はひとりで取り残された。

五

脳《わたし》は、ずっと翻弄《ほんろう》されている。

暗い海の中、脳《わたし》だけが攪拌《かくはん》され、掻《か》き回され、切り刻まれ、何百何千ものパーツになって漂流している。

そんな中で、かつて体験した他人の死が明滅している。

——彼女の死は、苦しかった。

暗くて何も見えない場所で、嫉妬《しっと》した相手に何度も蹴《け》られて、最後には川に流されてしまって。

そして、殺人犯の側も、脳《わたし》は味わった。

ただ怒りで真っ黒くて、どうしようもない衝動に突き動かされて。

その衝動が人殺しという結果を伴ったとき、きっと彼女の心は死んだのだろう。その後何年もうわべを取り繕っていたとしても、彼女の心は、ずっとあのときのあの場所にとどまっていたに違いない。後悔だとか罪悪感だとか、そんな言葉で定められるものではなくて、ただあのときのことを何度も何度も思い出したに違いない。

苦くて、甘くて……彼女たちの死は、ザクロとさくらんぼの味がした。

六

「あ、いたいた薊」

廊下で仁王立ちしている人影が、こちらを見つけて、大きく手を振った。

靴箱に向かっている途中のことだった。

夕日で廊下は赤く染まっていて、すべてを赤と黒に塗り分けるように見えた。比較的高い背もあいまって、影はなんだかひょろりとしたピエロのようだ。

「日下先生」

相変わらず、適当な格好をしている。

ベリーショートの髪に、ジャージ服。袖《そで》はまくっていて、よく日焼けした肘まであらわになっている。意外とスタイルはよく顔立ちも整っているのだが、ホルモンに振り回されがちな男子高校生の視点からしても、まるで色気らしいものが感じ取れない。

おまけに、その服装のせいで、以前の事件の顚末《てんまつ》を連想してしまった。

「トレーニング用具のことなら、誰にも話してませんよ」

「む」

猿が喉《のど》をつまらせたような声を、日下先生があげた。

夏の事件。

神社近くの物置に、日下先生が大量のトレーニング用具を仕舞い込んでいた一件である。実際のところ、問題はその物置に隠された犯罪の証拠だったわけだが。

「そういうのじゃなくて、檻杖さんに渡してほしいプリントがあって。さっき渡そうと思ってたのに忘れてた」

「なんで、僕なんです」

「そりゃ、君なら確実に届くからだよ」

有無を言わさず、持っていたプリントを押し付けてくる。

仕方なく受け取ると、

「ところで、さっき安芸さんとはなにを話してたのかな?」

にんまりと、猫みたいな表情で、先生が尋ねてきたのである。

「見てたんですか。普通に思春期っぽい話ですよ」

「ほほう。薊、意外と女の子人気高い？」

「宇治垣に言ったら、腹抱えて笑ってくれますよ」

「うん。私もそんな気がするな。ガッキーだと笑いすぎて転びそう」

真顔でうなずかないでほしい。一応傷つくから。

少しだけ迷って、まあいいか、と僕は質問に答える。

「大事なことを忘れてしまうって、ひょっとしたら一度死んだようなものじゃないか、みたいな話ですよ」

「おお、そいつは実に思春期だ」

と、先生が楽しげに太鼓判を押した。

それから、

「人は二度死ぬなんて考え方があるよね。一度目は肉体的な死。二度目はみんなに忘れられたとき。どこかの俳優の言葉だっけ」

天井を見ながら、つらつらと言った。

「あるいは、私たちは毎日死んでいるなんて考え方もあるね。眠るたびに死んでいる。連続性がない思考なんて、まるで別の自分と同じことだとか。このパターンだと、体の細胞が全部入れ替わったタイミングを、一度死ぬと数えるのもアリだね。ん、どうかした薊、変な顔して」

「……いえ」

ほんの時々、この人がちゃんとした先生なんだという気持ちになる。

「人格が死ぬ、とかはどうですか」

「それもひとつの死だよね。人が変わったようにとか言うけど、いろんなきっかけで性格は変わっちゃうもの。精神的な成長だってあるけど、物理的に脳が傷ついたとか認知症とかの理由でも、私たちの精神《なかみ》は簡単に変わっちゃう」

つんつん、と自分のこめかみを先生がつついた。

それはそうだ。精神というと手が触れられない気がするが、けしてそんなことはない。この脳が精神活動を生み出しているなら、物理的な手段でさまざまな介入が可能だろう。でなければ抗鬱剤《こううつざい》なんてつくれるはずもない。

くのりによる死の再現も、そうした技術の延長上にあるのだろう。

共感能力者《エンパス》。

ただ、人よりも少しだけ深く感じ取るだけだという、近くて遠い性質。

「ああ、逆もあるかも。大事なことすぎて変われないっていうことも。転校しちゃった豊巻《とよまき》さんとかも、そういうところがあったし」

突然、話が戻ってきた。

いや、先生の側には話を戻したという自覚はないだろうが、それはまさしく物置に犯罪の証拠を隠した少女の名だったからだ。

「豊巻さんが、ですか」

「うん。君は知ってるかな？　小学生の頃に溺れて死んじゃった友達のことを、豊巻さんはずっと話してたから」

「……そうですか」

曖昧《あいまい》な顔で、僕はうなずいた。

殺した少女と、殺された少女。

嫉妬した少女と、嫉妬された少女。

両者がどんな風に結びついていたのか、魔女《くのり》ならざる僕に分かるはずもない。

ただ、身勝手な想像をしていると、

「あ」

と、先生が声をあげた。

「なんです？」

「いや、ちょっと失礼かもしれないし、教師としては失格かもだけど、いい機会なんでひとつ興味本位の質問してかまわない？　モラハラとか言われないよう、みんなにはオフレコで」

「どれだけ予防線張ってるんですか」

「あはは、どうも気になっちゃってさ」

朗らかな声で頭を掻いてから、不意に真剣な表情で、日下先生はこう訊いたのだ。

「結局さ。君って、檻杖さんのことが好きなのかな？」

七

まっすぐ、家には帰らなかった。

途中で、一度電話がかかってきた。

「最近毎日遅いのはどういうことだ。片付けの手が足りないってのにサボるな弟」

「もちろんストライキ決行です」

短く言って、通話を切る。念の為《ため》、端末の電源も切っておく。後でこっぴどく怒られるだろうが、背に腹は代えられない。

すぐに、目的の建物が見えてきた。

最近塗り直されたばかりの真っ白い壁に、『雄角総合病院』という金属のプレートがかかっている。

近隣では、唯一《ゆいいつ》の総合病院だった。春に安芸遥香《はるか》が入院していたのも、ここである。

受付を済ませて、エレベーターで最上階に上ったところで、見知った相手が待合のソファに座っていた。

「やあ、薊くん」

麻のジャケットが涼しげに揺れている。

靴は流線型のプレーントゥだった。確か、スペインの靴屋がお気に入りだと言っていた気がする。残念ながら、僕には違いが分かるほどの教養がない。

「閑也《しずや》さんはなんですか」

「おや。その言い方だと、先にどなたかと会ったのかな？」

「まあ、ちょっと」

曖昧に濁した僕に、閑也さんは軽くウィンクを返す。

「二度あることは三度ある、なんていうけどね。いまの君はそんな顔をしてるよ。でも、僕がここにいるのは当然だろう？」

「まあ、それは」

うなずいた僕に、

「拓海くん」

と、閑也さんは優しく呼びかけた。

「六道って知っているかな？」

「仏教かなにかの言葉ですか」

「正解。六道輪廻《りんね》なんて使われるね。天道、人間道、修羅道、畜生道、餓鬼道、地獄道の六つ。人は生まれ変わるたびに、このいずれかの道を選ばなければならないって考え方さ」

　くのりと同じような――というより、彼女の蘊蓄《うんちく》はこの人が元なのだろう。妖精博士《フェアリイドクター》なのだとか、くのりは言っていた。本来人には視《み》えないものの専門家。自慢の植物園もその延長なのだとか。

「この無限から脱することが悟ることだ、とも言う。あのくのりは、死んでいるというより、生まれ変わっている方が近いのかもしれない」

　つらつらと話して、不意に閑也さんはこちらを見やった。

「少々、恨み言をぶつけてもいいかな」

「え」

「……君が戻るまで、くのりはずっと死を喰らわなかったんだよ」

　衝撃はあったが、声を出すのはかろうじて堪《こら》えた。

　呼吸を整え、改めて問う。

「どういうことですか」

「多分、君は触媒のようなものなんだろう」

「触媒？」

「ふたり一組の霊能者ってのは昔からいてね。たとえば狐憑《きつねつ》きなんかの憑《よ》り祈禱《きとう》だとか、民間の霊能者でもよく聞く話だ。穏当なところでは、神様を依《よ》り憑かせる巫女《みこ》に対して、その言葉を聞いて書きとめる者。もしくは依り憑かせる神や死霊《しりょう》を連れてくる者。真の魔女は、むしろこちら側かもしれないね？」

　なんとなく、その意図は伝わった。

　死者にまつわる記憶を再現するくのりと、その声を聞く僕の関係性。魔女とは、けして女性だけを指す言葉ではない。

「ふたりが揃《そろ》うことが、きっと檻杖の魔女が死を喰らう条件なんだ。僕の妻がそうだったように。あるいは探偵と助手《ワトソン》のように」

　寂しく笑った閑也さんに、僕は何も言えなかった。

　だって、そうだろう。

　その言葉通りなら、自分の妻が――くのりの母が死んだのも、自分のせいだと告白していることになるのだから。

「だけど、喰らわなかったとしても、餓《う》えが落ち着くわけじゃない。くのりはずっと苦しかっただろう。ひもじかっただろう。君がいない四年間が、彼女にとって幸せだったかというと、やはり違うんだろう」

少しだけ深く、ソファに身を沈めた。

視線だけをあげて、

「じゃあ、よろしく頼むよ」

そう言った閑也さんが、軽く僕の背中を押したのだった。

八

病室で、彼女は待っていた。

長い黒髪が、白いベッドに広がっている。黒い花のようだった。見つめていれば吸い込まれそうになる、つややかな対照《コントラスト》。陶磁のような肌も、唇の淡い桃色もその二色を引き立たせるための演出に思えた。

ベッドの近くに寄って、つい僕は呼びかけてしまった。

「くのり」

彼女は、ぴくりとも動かない。

蠟《ろう》人形などよりも、今のくのりはよほど死に近い。つながれた数々の計器も、ほとんど限界の数値を示しているそうだ。

以前の、彼女の言葉を思い出した。
——『きっと、私も母さんのようになる』
——『たくさんの記憶に触れて、たくさんの言葉と混じって、自分のことが分からなく、なる。あなたのことも、きっと分からなく、なる』

「…………」

胸が、早鐘を打つ。

爪先《つまさき》から頭の先まで、自分のすべてが血に変わってしまったようだった。どくどくんと脈打つ僕は、まるでヒトガタの渦巻だ。

（……ああ）

天音瑞季は言った。——檻枝くのりが死んだらどうするつもりだった、と。

安芸遥香は言った。——檻枝くのりを忘れたらどうする、と。

日下先生は言った。——檻枝くのりが好きなのか、と。

答えは、これだ。

今、自分の内側で燃えたぎっている炎だ。

爆発してしまいそうな熱情を、僕は必死でせき止める。時限爆弾のような心臓を押さえて、彼女の横顔へ釘付《くぎづ》けになった瞳《ひとみ》を逸らそうとする。

　そのときだった。

　くのりの睫毛《まつげ》が、かすかに震えたのだ。

　すぐに、それは確かな意思を示すさざなみとなり、ゆっくりと瞼《まぶた》を開いた。

「……ん」

「おはよう、くのり」

　変わらない口調で、迎えられたと思う。

　横たわったまま、首だけでこちらを向いて、少女はかすかに眉をひそめた。

　手を持ち上げ、自分の頬に触れる。すっと通った鼻梁を撫でて、形の良い唇をなぞって、ひとつずつ思い出すように動かしていく。それはまるで、赤ん坊が自分という存在を確かめるような仕草であった。

「私は、檻杖、くのり、よね」

　たどたどしく言ってから、こちらを指差す。

「あなたは、薊、拓海」

「そうだよ」

　答えると、くのりはほっと息をついた。

「……良かった。まだ大丈、夫」

それから、不満そうに舌打ちする。

「心配しなかった、顔をして、る」

「今回はね」

短く、僕は答える。

定期的に、くのりに必要となる眠りだった。

閑也さんに言わせれば、共感体質《エンパシー》というのは、あくまで無意識下の演算に過ぎないそうだ。うまく理由を言語化できなくても、僕らが相手の気持ちを感じ取れるように、くのりの精神《ソフト》は極めて高度な処理能力によって、死にまつわる出来事を再現する。……だが、再現する脳《ハード》自体は、ほんの少し常人と異なっているだけなのだ。

結果として生じる過負荷は、くのりの脳をゆっくりと傷つけていく。

たとえば、自分の記憶と他人の記憶の違いが分からなくなる、というように。

かつて、誰かが言った。

嘘つき魔女、と。

「どれぐらい、眠って、た？」

「四日」

「ずいぶん、長くなったわ、ね」

くのりが笑う。

最初はもっと短かった。

あのとき、丸一日眠り続けた幼い彼女を前に、閑也さんはこう説明した。

眠りは記憶を整理するためのものだ。死を喰らいすぎた檻杖の魔女は、こうした深い眠りに入るのだと。

「六度」

と、少女は囁く。

「六度で、母さんは壊れ、た。ずっと言ってたもの。檻杖の魔女は、六度死ぬ、って」

六道輪廻、と閑也さんが言っていたのを思い出した。

そして、

「一度目で、僕は逃げた」

と、僕は返した。

小学校の頃、初めて死の眠りについたくのりを見て、耐えられなくなったからだ。

「あれは、ひどかった、わね」

彼女の唇が歪《ゆが》む。

笑ったつもりなら、いささか物騒すぎる陰を帯びた表情だった。

ゆっくり体を持ち上げると、長い髪が追随した。

「また、髪を切って、ね」

「ああ」

うなずくと、まっすぐにくのりがこちらを見つめてきた。両の瞳にふたりの僕が映っていた。正直、あまり誠実とはいえない顔をしていた。

「また、拓海、何か隠して、る？」

＊

「まさか」

私の質問に、拓海はわざとらしくかぶりを振った。

嘘をつくつもりなら、せめてまっすぐこちらを見るべきだと思う。

＊

「まさか」

かろうじて、僕はかぶりを振った。

きっと嘘には気づかれているだろう。

自分の口がうまいなんて、欠片《かけら》も思っていない。くのりからすれば、背中に答案用紙を隠した子供ぐらい稚拙な行為に見えるはずだ。

でも、その中身だけは知られてはならない。

（……逃げた理由）

一度目で、かつての僕が耐えられなくなったわけ。

それは、恐怖ゆえではない。怯《おび》えて逃げ出したのだったら、どれほどマシだったろう。この土地に戻ってきた当初だって、くのりから逃げ回ったりせずに済んだはずだ。

答えは、ずっと明らかだった。

小学校のとき、理科実験室に横たわった彼女を死体と間違えた。そのときに、僕の魂は惹《ひ》きつけられてしまった。花に吸い寄せられる蝶《ちょう》のように、炎に吸い寄せられる蛾《が》のように、ほかのことなど考えられなくなってしまった。

死んでいる彼女を、死んでいるからこそ、美しく思った。

――その、死にこそ恋をした。

ああ、そんな僕だからこそ、彼女の触媒になってしまったのではなかろうか。閑也さんの言葉通りなら、彼女を少しずつ殺しているのは、結局僕ではないだろうか。

安芸遥香の事件で、くのりと接触したのは、それを諦《あきら》めて受けいれたからだ。

豊巻ゆかりの事件で、くのりを偽ったのは、わずかでも抗《あらが》おうとしたからだ。

天音瑞季の事件で、くのりについていったのは、抗うこともできないのなら、せめて彼女の死に立ち会いたいと思ったからだ。

どれも、単なるエゴ。

真の魔女と呼ばれるにふさわしい、耐えがたいほどに醜い身勝手さ。

だから。

僕がいることで、彼女が死んでいくのなら。

結末《おわり》まで、この恋だけは隠していようと、そう思うのだ。

「くのり」

返事をせず、彼女は病室の窓を見やった。

*

呼び掛けた彼を、私はわざと無視した。

ずっと、私は知っている。

彼が嘘をついていることを知っている。どんな嘘かは分からなくても、それぐらいは確信できる。なのに、目の前で下手な誤魔化しをされたら、うっかりその内容まで分かってしまうじゃないか。

だから、視線を逸らす。

彼が嘘つきなら、死ぬまで騙《だま》されていようと思うから。

だって、私には十分だ。

ほんの少しずつ欠けていく私に、それでも最後まで寄り添ってくれるなら。

ほんの少しずつ君のことも分からなくなってしまう私を、それでも最期《さいご》まで覚えていてくれるなら。

*

君がつく嘘の数だけ、愚かに騙されよう。

病室の硝子《ガラス》越しに、私は灯火《ともしび》のような星を見つめた。

*

病室の硝子越しに、僕は蒼《あお》く輝く星を見つめた。

*

私は、六度死ぬ。

君に、六度恋をする。

*

君が、六度死ぬ。

きっと僕は、君に、六度恋をする《ウソをつく》。

本書は新潮文庫のために書き下ろされた。

デザイン　川谷康久（川谷デザイン）

魔《ま》女《じょ》推《すい》理《り》

嘘つき魔女が6度死ぬ

新潮文庫　さ－95－1

令和五年九月一日発行

著者　三《さん》田《だ》誠《まこと》

発行者　佐藤隆信

発行所　株式会社新潮社

郵便番号　一六二―八七一一
東京都新宿区矢来町七一
電話　編集部（〇三）三二六六―五四四〇
　　　読者係（〇三）三二六六―五一一一
https://www.shinchosha.co.jp

価格はカバーに表示してあります。

乱丁・落丁本は、ご面倒ですが小社読者係宛ご送付ください。送料小社負担にてお取替えいたします。

印刷・錦明印刷株式会社　製本・錦明印刷株式会社

ISBN978-4-10-180235-0 C0193